謹以此書紀念先師誕辰一〇五週年

唐长孺诗词集

王　素　箋注

中華書局

圖書在版編目(CIP)數據

唐長孺詩詞集/王素箋注. —北京:中華書局,2016.4
(2016.7重印)
　ISBN 978-7-101-11552-9

　Ⅰ.唐… 　Ⅱ.王… 　Ⅲ.詩詞-作品集-中國-當代 　Ⅳ.I227

中國版本圖書館 CIP 數據核字(2016)第 035018 號

書　　名	唐長孺詩詞集
箋 注 者	王　素
責任編輯	朱兆虎
出版發行	中華書局
	(北京市豐臺區太平橋西里 38 號　100073)
	http://www.zhbc.com.cn
	E-mail:zhbc@zhbc.com.cn
印　　刷	北京市白帆印務有限公司
版　　次	2016 年 4 月北京第 1 版
	2016 年 7 月北京第 2 次印刷
規　　格	開本/920×1250 毫米　1/32
	印張5⅝　插頁 9　字數 120 千字
印　　數	1001-3000 册
國際書號	ISBN 978-7-101-11552-9
定　　價	49.00 元

圖一：唐耕餘老人題影詩手蹟

唐剛卯攝，參本書民國五年（一九一六）條

圖二:《國學商兌》第一卷第一號封面
米婷婷攝,參本書民國二十二年(一九三三)條

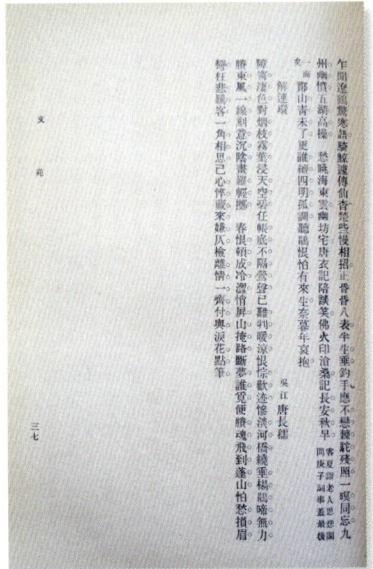

圖三:先生《解連環》正文書影
米婷婷攝,參本書民國二十二年
(一九三三)條

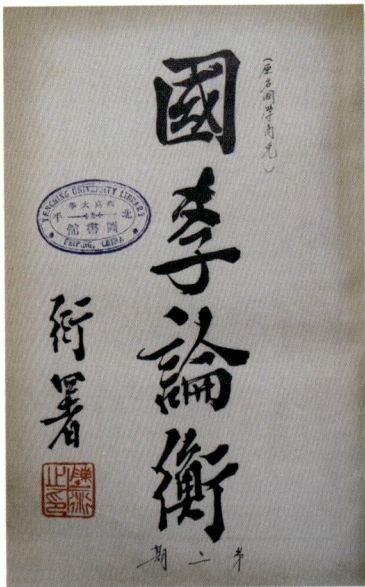

圖四:《國學論衡》第一卷第二期封面
米婷婷攝,參本書民國二十二年(一九三三)條

圖五：《文藝捃華》第一卷第四冊封面 米婷婷攝，參本書民國二十三年（一九三四）條

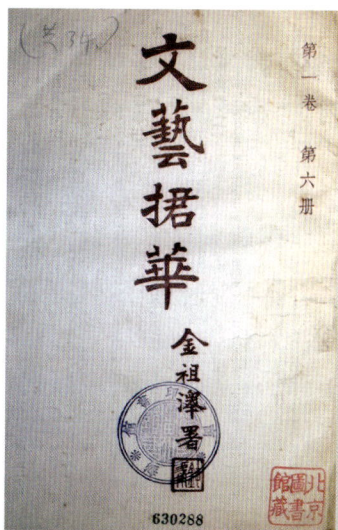

圖六：《文藝捃華》第一卷第六冊封面 米婷婷攝，參本書民國二十三年（一九三四）條

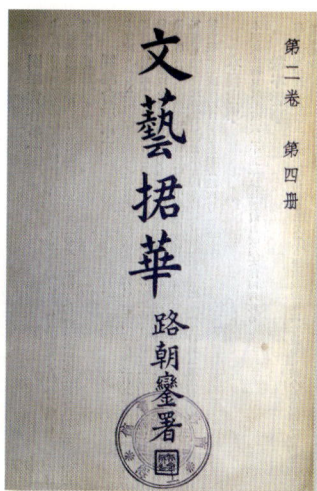

圖七：《文藝捃華》第二卷第四冊封面 米婷婷攝，參本書民國二十四年（一九三五）條

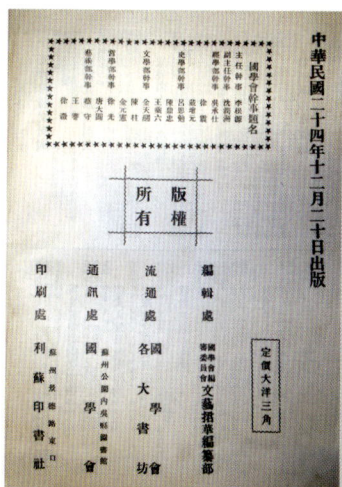

圖八：《文藝捃華》第二卷第四冊封底 米婷婷攝，參本書民國二十四年（一九三五）條

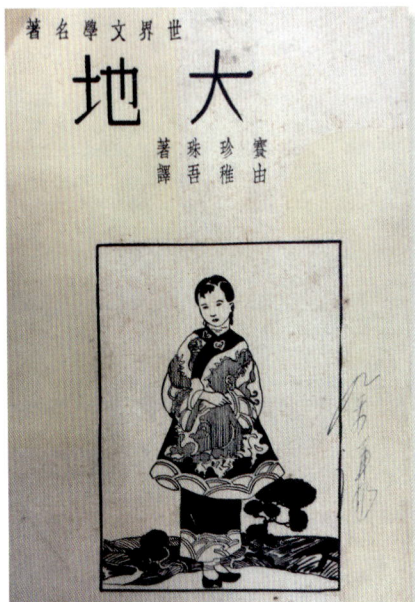

圖九：先生譯《大地》民國二十八年
（一九三九）三版本封面

米婷婷攝，參本書民國二十六年（一九
三七）條

圖一〇：先生譯《月明之夜》民國二十八年
（一九三九）再版本封面

唐剛卯攝，參本書民國二十六年（一九三七）條

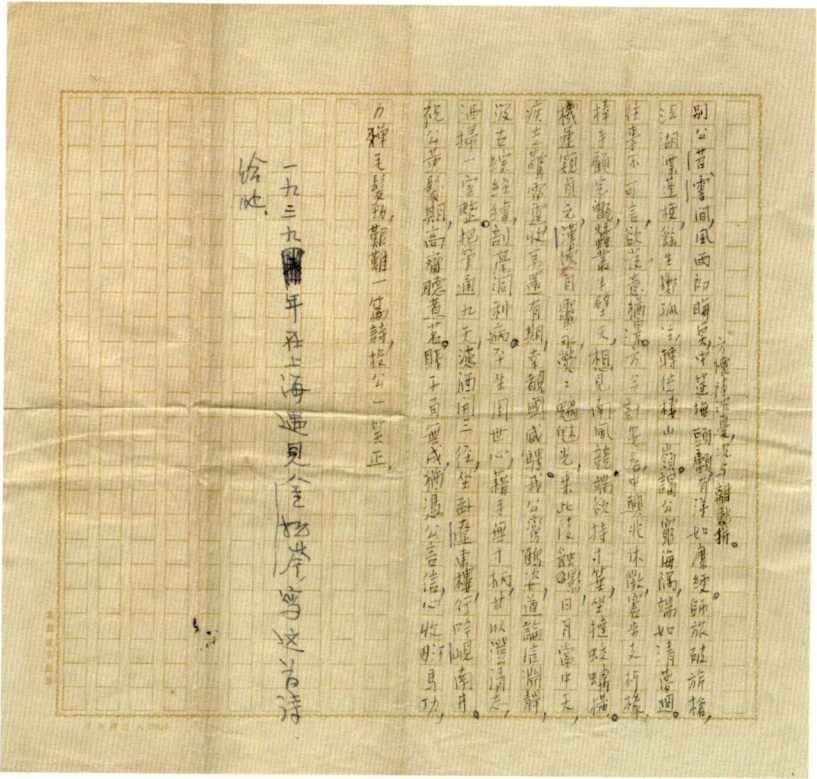

圖一一：先生《贈松岑公》手蹟

唐剛卯掃描，參本書民國二十八年（一九三九）條

圖一二：先生譯《佛蘭克林自傳》民
國二十八年（一九三九）初版本封面
米婷婷攝，參本書民國二十八年（一九
三九）條

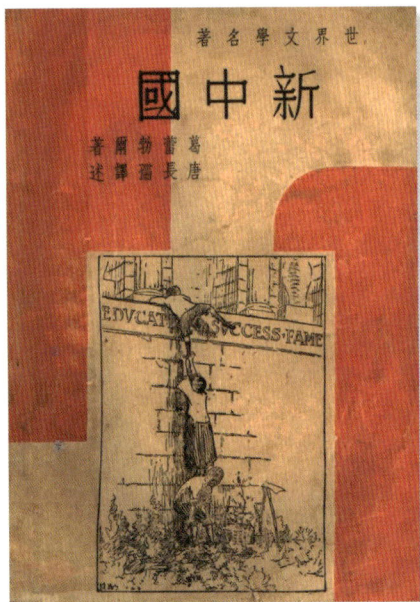

圖一三：先生譯《新中國》民國二十九
年（一九四〇）再版本封面
參本書民國二十八年（一九三九）條

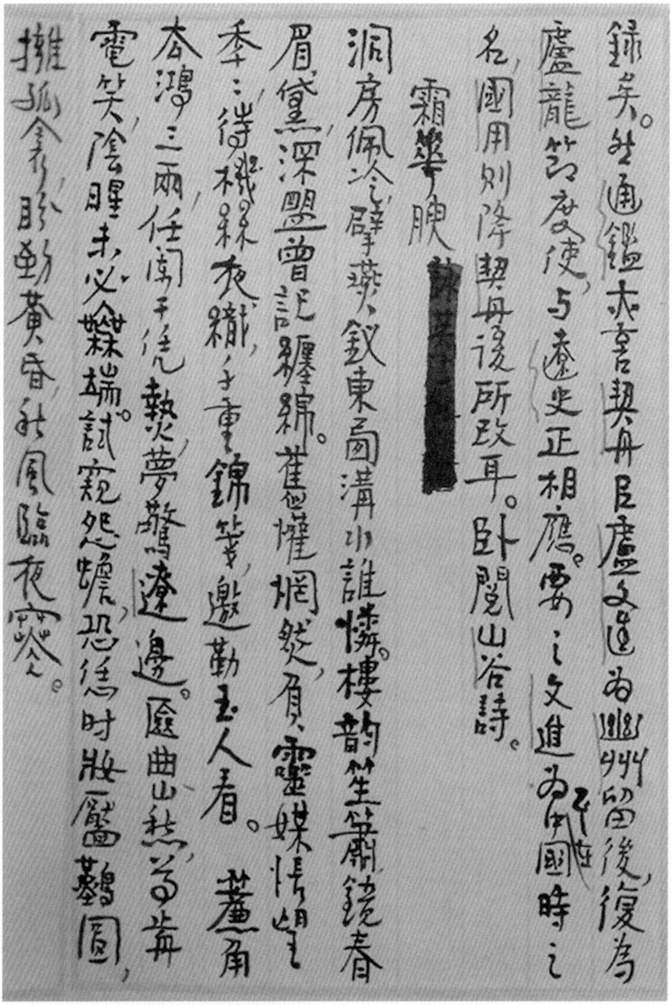

錄矣。然通鑑末嘗契丹民盧文進為幽州留後復為
盧龍節度使，与遼史正相應。要之文進為風時之
名，國用則降契毋後所改耳。卧閣山谷詩。

霜華腴

洞房佩冷壁藥鈫東圖清小誰憐樓韵笙簫鏡春
眉黛深盟曾託纏綿，舊歡阻絕有負靈媒情望
季二待機綠夜織于重錦等邀勤玉人看。 董角
杏鴻三兩任閑千絲熱焚夢驚遼邊匾曲山燕芳菲
電笑陰睛未必綵端試宛怨蠟恐為時妝爐穀圓，
攤孤衾眠動黃昏秋風臨夜窓。

圖一四：先生《霜華腴》手蹟

唐剛卯攝，參本書民國二十九年（一九四○）條

圖一五：先生譯《金銀島》民國三十八年
（一九四九）三版本封面
米婷婷攝，參本書民國三十年（一九四一）條

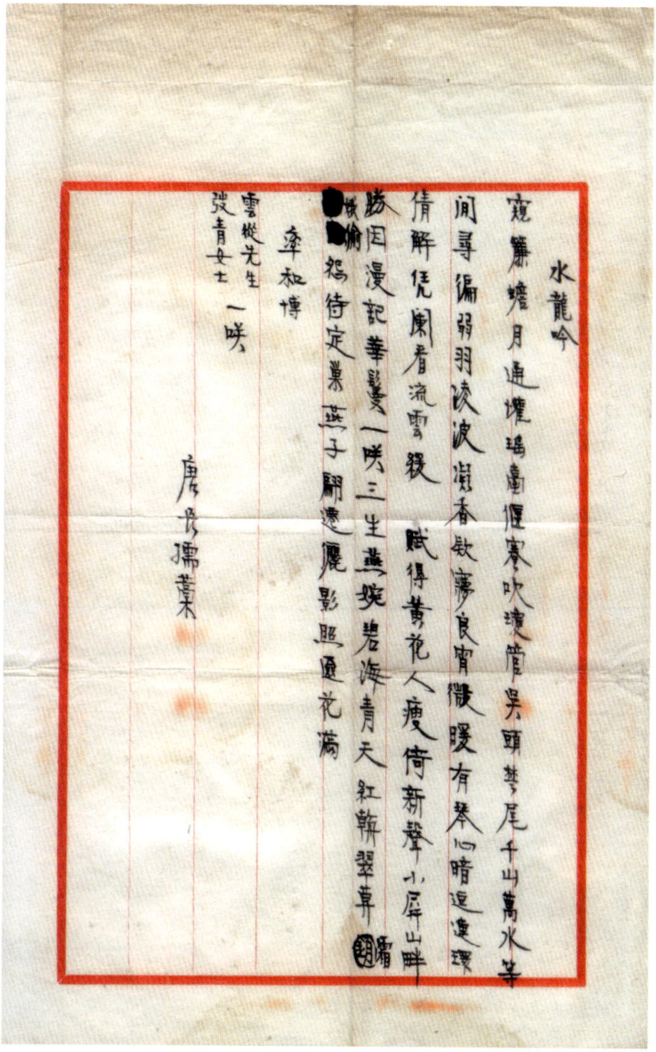
水龍吟

窺簾蟾月，迢遞瑤臺，便寒吹瓊管吳頭楚尾，千山萬水，等閒尋遍。弱羽凌波，凝香欹夢，良宵微暖。有琴心暗逗，邊環情解，凭闌看、流雲緩。 賦得黃花人瘦，倚新聲、小屏山畔。勝因漫記，華鬘一喚，三生燕婉。碧海青天，紅韓翠葉，霜悵倫怨。待定巢燕子，歸遲麗影，照邊花滿。

奉和博
雲從先生
曼青女士 一哂

唐長孺槀

圖一六：先生《水龍吟》手蹟

蔣遂攝，參本書民國三十二年（一九四三）條

惆悵無成矢怊平生意，怊材才青兕只是茶甘新釀頓誤。盡無緣國士間伍柯何如吳市采眼苓瑯江左小倀來山杠負倉生耳酬俗並我祗畏。唐新曲、貧伴尋消珠徙冷落酤先恩，度忍說聲姜宋手史剝他從頭翻悔飛燕玉隱柁。盧士妙無兒英尚屃綱伺客采滅事如水。調寄金縷曲　長儒倚聲

圖一七：先生《金縷曲》（題影）手蹟

唐剛卯攝，參本書民國三十二年（一九四三）條

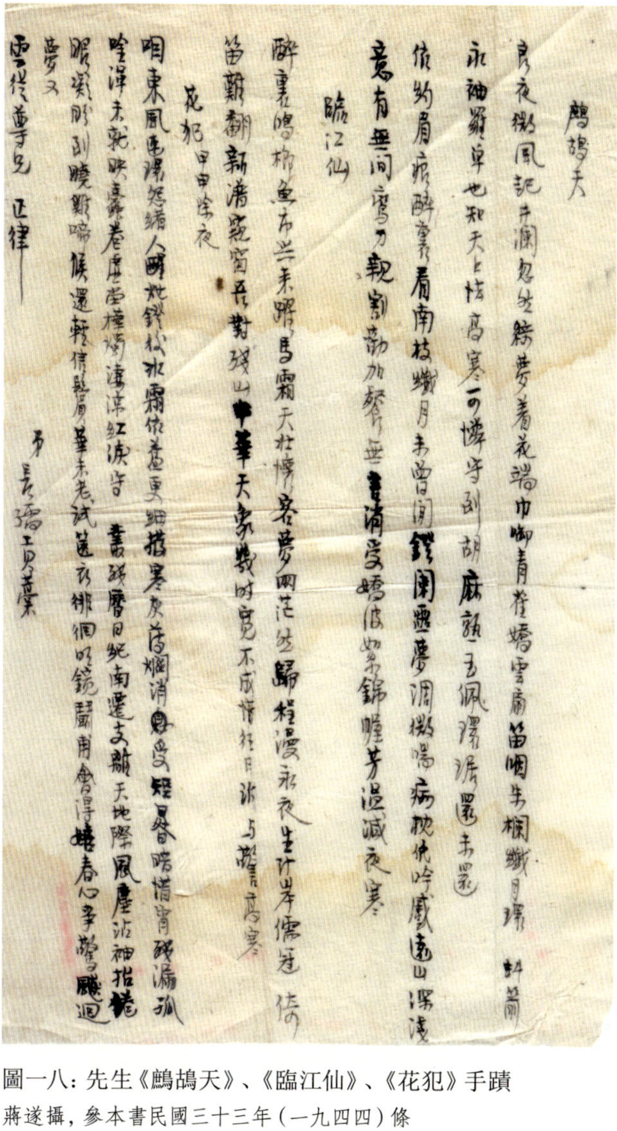

圖一八：先生《鷓鴣天》、《臨江仙》、《花犯》手蹟

蔣遂攝，參本書民國三十三年（一九四四）條

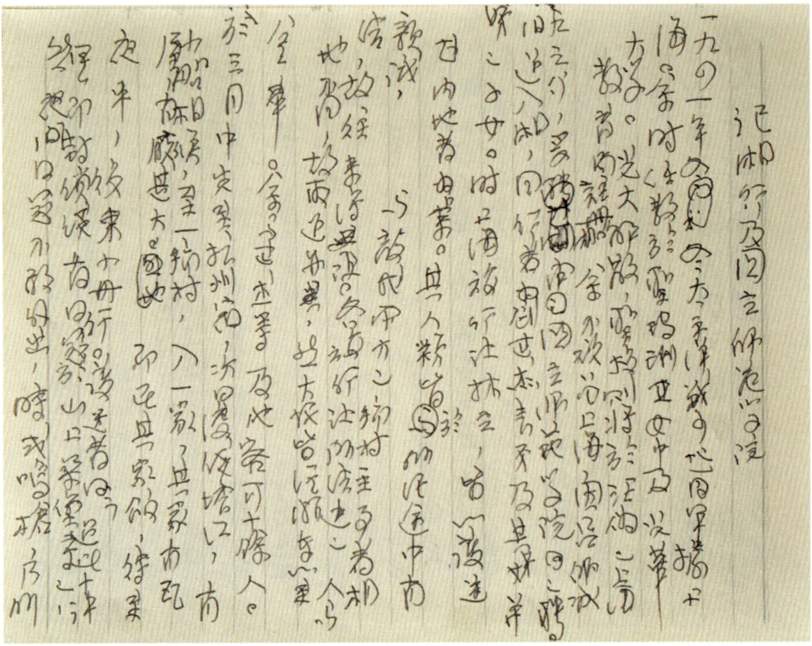

圖一九：先生《記湘行及國立師範學院》第一頁手蹟

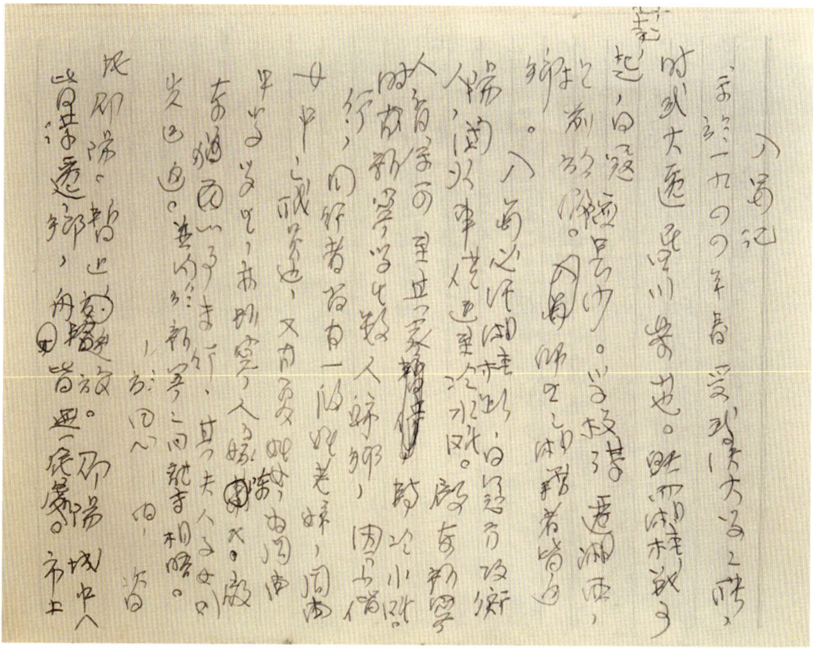

圖二〇：先生《入蜀記》第一頁手蹟

唐剛卯攝，參本書附錄六

弁　言

　　唐長孺先生（一九一一至一九九四），幼名鱃，昵稱飛官①，嘗自號格廬②，江蘇蘇州府吳江縣平望鎮人也。父諱耕餘（或作耕畬），又名唐九，號鵁而，自稱懦夫③，

---

① "鱃"名見先生之父耕餘老人題款，詳參本書民國五年（一九一六）條。"飛官"之稱見先生妹丈柳義南撰述之《憶唐長孺教授》，《拾遺集》，蘇州市吳江市文聯，二〇〇九年五月，第二一一頁。蓋"飛"與"鱃"同音，"飛官"即"鱃官"也。

② 先生有《格廬日記》，其第一册有序曰："長孺得舊章曰'格廬'，喜其形製，因以自號。夫格之義大矣，或曰即物而格之，或曰格我心之非，長孺無似，不知其爲程、朱也，陸、王也，苟以名我之日記，則亦竊取之義云爾。"即先生喜"格廬"形製，先以自號，旋以名己之日記。先生嘗自號格廬，固可無疑也。

③ 先生妹露葵僅云："先父唐耕餘，又名唐九，自稱懦夫。"見唐氏：《憶先父唐耕餘》，《吳江文史資料》第十六輯，一九九八年三月，第四九頁。"鵁而"之號，詳參本書民國五年（一九一六）條。郁德雯嘗稱："唐長孺少年時受父親唐家慶影響喜愛詩詞。"見郁氏：《一代史學大家　古文書泰斗——唐長孺：古塚遺文　十年心血》，香港《文匯報》一九九四年九月二十日《中華風采》版。耕餘老人何時又有"家慶"之名？不得其詳。

工詩文,兼好書畫及收藏,於書法尤有研究①。母劉氏,
諱蘊玉,浙江湖州府吳興南潯鎮人,嘉業堂主承幹之堂
妹也②。先生少承庭訓,長傳家學,於詩詞、書畫及收藏,
亦皆有素養焉③。昔賢恒言"文史哲"不分家,實則"詩
書畫"亦不分家也。其中,先生於詩詞用功尤勤。

---

① 唐耕餘(遺作):《筆陣圖蜉化階段及其內容》,《書法叢刊》二〇〇〇
年第四期,第七五至九〇頁。另參張天弓:《論筆陣圖的作偽年
代——唐耕餘先生遺作〈筆陣圖蜉化階段及其內容〉讀後》,《書法
叢刊》二〇〇一年第三期,第八五至八九頁。按:張氏此文收入《張
天弓先唐書學考辨文集》,北京:榮寶齋出版社,二〇〇九年十二月。
亦可參閱。

② 項文惠:《嘉業堂主——劉承幹傳》,杭州:浙江人民出版社,二〇〇
五年七月。另參陸士虎:《中國近代傳統藏書樓的絕響——記南潯
嘉業堂藏書樓創始人劉承幹》,《書屋》二〇一〇年第三期,第三四
至三九頁。

③ 參先生:《讀抱朴子推論南北學風的異同》,《魏晉南北朝史論叢》,
北京:生活・讀書・新知三聯書店,一九五五年七月,第三五一至三
八一頁;《跋明張璁書扇——略述王守仁與張璁的關係》,《學林漫
録》第十一輯,北京:中華書局,一九八五年八月,第一七七至一八四
頁;《跋吐魯番所出〈千字文〉》,《唐研究》第一卷,北京大學出版社,
一九九五年十二月,第一至九頁。按:此三文皆收入《唐長孺文
集》,北京:中華書局,二〇一一年四月。此不具列。又,二十世紀六
十年代,先生在京整理"北朝四史",凡有閒暇,皆往西單商場舊書店
購藏古代字畫。參張忱石:《唐長孺先生瑣記》下,《文史知識》二〇
一一年第十二期,第一〇九至一一〇頁。故先生一九九三年十月二
十六日賜余函,有云:"敝篋書畫並無珍貴大件,有一些(轉下頁注)

先生之詩,少長風格迥然不同。早年嘗以詩謁金松岑[①],松岑評曰:"幽澀似郊、島,又似永嘉四靈,亦受散原之暗示。"又云:"長吉鬼才,非少年所宜。"[②]按(孟)郊、(賈)島之詩,非僅"幽澀",亦且"寒瘦",蓋與二人身世際遇相關也。永嘉四靈(徐璣、徐照、翁卷、趙師秀)原宗賈(島)、姚(合),風格自應大致接近。散原爲"同光體"代表,其詩初宗韓文公,後師黃山谷,既"惡俗",又

(接上頁注)小品可能。我有一清人小楷册,其中最名貴的是王鐸在信紙那麼大小的紙上寫自作詩數十首,蠅頭小楷,據啟功同志説,此係王鐸字跡,故宮及日本均無。又有朱竹垞三代家書,述及鴻博事,與舊説可以互證。啟功先生認爲是佳品。如此等等,當開具目録寄給你和劉濤。我自信賞鑒能力還有一定水準,所收字畫大都非精品大件(原注:因爲買不起),但贋品極少。我還有祝枝山尺牘三通及明人張璁等扇面六頁,亦小品之精者。"

① 金天羽(一八七三至一九四七),初名懋基,又改天翮、天羽,字松岑,號鶴望、鶴舫、天放樓主人等,蘇州府吴江縣同里鎮人,先生鄉黨兼戚屬也。松岑學問廣博,爲清末民初蘇淞國學四大家之一(另三大家爲章太炎、唐文治、錢基博)。而最爲人所稱道者,實爲其人之詩文及小説,有《天放樓詩文集》傳世,曾樸《孽海花》前六回亦原出其手焉。

② 詳見先生《題吴薆圃山水幛子》詩後之松岑雙行小注,《文藝捃華》第一卷第四册,一九三四年八月,第三三頁。按:松岑評語全文另參本書民國二十三年(一九三四)條。先生晚年嘗憑記憶引述此評,門生故舊多有記録,然皆不確,宜以本書引述爲準。

"惡熟",求諸"古奧",流於"艱澀",風格自亦相去匪遙①。松岑雖對"同光體"夙有微辭②,然以先生少作與詩壇老宿相較,獎掖之意不言自明矣。惟覺長吉(李賀)縱有"鬼才",年僅二十七而亡,此類詩作,應非少年之所宜爲,愛惜之意亦昭昭然也。先生之詩風,後來漸有變化,終效松岑兼采各家之長,堂堂正正,一如其人,得非肇源於此耶?

---

① 陳三立(一八五三至一九三七),字伯嚴,號散原,江西義寧縣(今修水縣)客家人,史家陳寅恪之父也。關於散原詩文,參:陳三立著、李開軍校點:《散原精舍詩文集》,上海古籍出版社,二〇〇三年六月;陳三立著,潘益民、李開軍輯注:《散原精舍詩文集補編》,南昌:江西人民出版社,二〇〇七年一月。

② 金松岑《寄綿竹曹纕衡(經沅)北平代柬》有云:"勸進人聞蕭賤表,請法我詎爭袈裟?"自注:"曩見報章有《詩壇點將録》,以散原爲梁山泊宋江,海藏爲盧俊義,而石遺老人閩派奉之爲盟主。"見金氏:《天放樓詩集》卷一三庚午歲(一九三〇)條,金天羽著、周録祥校點:《天放樓詩文集》上册,上海古籍出版社,二〇〇七年十一月,第三一四頁。按:"海藏"爲鄭孝胥,"石遺老人"爲陳衍,與散原並爲"同光體"之領袖及中堅也。《詩壇點將録》全名《光宣詩壇點將録》,汪國垣(辟疆)著。松岑此詩已顯見對汪氏品評之不屑。松岑極爲推重之錢夢苕,撰《論近代詩四十家》,將散原列爲第二十二家,云:"如欲朝諸夏,撫萬方,南面而王詩國,成大一統之業,則散原於此,力尚有所未逮也。"見錢仲聯:《夢苕庵清代文學論集》,濟南:齊魯書社,一九八三年九月,第一四八頁。方爲持平之論耳。

先生之詞，金松岑似從未置評。此蓋與松岑係以詩名家，而未以詞名家相關也①。先生晚年憶及青年學詞，嘗謂"當時學夢窗詞，爲無病呻吟之語"②。故論者皆謂先生"詞作頗似南宋吳夢窗"③。實則非也。先生本性雖多制約，固宜學格律詞也；然格律詞大家甚多，何至專學夢窗詞耶？兩宋格律詞三大家：清真（周邦彦）開宗立派，白石（姜夔）承前啟後，夢窗（吳文英）集成歸重。此三人者，皆精通音律，善"自度曲"及雕字琢詞，雖同屬婉

① 金松岑今存《天放樓詩集》多達二十一卷，《紅鶴詞》僅一卷。其《天放樓文言遺集》卷二載《紅鶴詞自序》亦云："吾文若詩於世有定評矣，詞非吾所專業也。"見金天羽著、周錄祥校點：《天放樓詩文集》下冊，上海古籍出版社，二〇〇七年十一月，第一〇四頁。然松岑之詞，亦未可小覰也。其《紅鶴詞》雖僅存三十二首，竟有《鶴回翔》、《小西湖》、《醉西山》、《名園綠水》四首爲"自製曲"，足見詞律修養之深。錢夢苕撰《近百年詞壇點將錄》，以"金天翮"當"天傷星行者武松"。見：錢仲聯：《夢苕庵清代文學論集》，濟南：齊魯書社，一九八三年九月，第一六六至一六七頁。蓋亦詞中聖手也。
② 此語見先生壬申（一九九二）覆汪榮祖函。參汪氏：《義寧而後稱祭酒——悼念史學家唐長孺先生》，臺北《歷史月刊》一九九五年三月號，第八八頁。
③ 郁德雯：《一代史學大家　古文書泰斗——唐長孺：古塚遺文　十年心血》，香港《文匯報》一九九四年九月二十日《中華風采》版。

約正宗,標格卻各自不同。夢窗詞濃豔沈鬱,褒貶各
半①。白石詞清空飄逸,褒多貶寡②。惟清真詞蘊麗雅
正,最受推崇,甚且有"詞家之冠"美譽。實則先生學夢
窗詞未久,即已兼學白石詞矣。至於先生之詞,恒見清
真曲譜,則猶格律詞人皆有應和清真之作③,書畫藝士皆
有臨摹古賢之墨,原屬本業之基礎訓練,固與是否學清
真詞無涉也。

《尚書·舜典》曰:"詩言志,歌永言,聲依永,律和
聲。"詩詞之道,盡在乎此。先生後來治史,於此取資者
亦多矣。先生史學文字簡明凝煉,樸實無華,與學夢窗
詞時固然不同,與學白石詞時亦迥然有異,非文史兼通

---

① 清王鵬運褒之曰:"以空靈奇幻之筆,運沈博絕麗之才。"見王氏:
《夢窗詞跋》,《四印齋所刻詞》,上海古籍出版社,一九八九年八月,
第八九〇頁。宋張炎貶之曰:"如七寶樓臺,眩人眼目,碎拆下來,不
成片段。"見張氏著、夏承燾校注:《詞源注》,北京:人民文學出版
社,一九六三年九月,第一六頁。

② 宋張炎褒之曰:"如野雲孤飛,去留無迹。"見張氏著、夏承燾校注:
《詞源注》,北京:人民文學出版社,一九六三年九月,第十六頁。胡
適貶之曰:"單有音律,而沒有意境與情感。"見胡氏:《詞選》,上海:
商務印書館,一九二七年七月,第一一頁。

③ 南宋末年,方千里、楊澤民之《和清真詞》,陳允平之《西麓繼周集》,
幾乎遍和清真詞調。饒選堂(宗頤)爲當今詞學大家,其《晞周集》
更遍和清真《片玉詞》一百二十七首。沈子苾(祖棻)向有"當今李
易安"之稱,其《涉江詞》如《瑞龍吟》、《解連環》、《拜星月慢》等,亦
皆爲"和清真"之作。其例甚夥,恕不具列。

者，固難釐分孰爲史筆、孰爲文筆也。至於思慮精細周至，與清真詞之豐葺綿密固有淵源矣；考證盤旋跌宕，於白石詞之迴幹峭折亦有承藉焉。先生史學與詩詞之關係有如此者。惜先生詩詞存世不多。先生嘗自言："三十以後絕少作詞。"又言："少年時頗耽倚聲，中年以後專意治史，遂少寫作，偶一爲之，亦多不存稿。"①然所言僅限於詞。詩亦不復作耶？尤可怪者，二十世紀五十至七十年代初，竟然幾爲空白。昔陸宣公（贄）謫貶忠州，荏苒十年，"避謗不著書"②。先生一生謹慎，尤恐文字賈禍。民國二十九年（一九四〇）十一月十一日日記，迻錄新詞《霜華腴》，尚且將副題"詠英法仳離也"六字塗抹。己丑（一九四九）易代，二十餘年，或亦避謗不作詩歟？

　　余初有整理先生詩詞之念，實緣起昔日誦讀張澤咸之文章贈言。張氏甲申（二〇〇四）八月撰《溫故與懷念》，最後之結語令人惻然動容。其言曰："末了，我想到，唐師在論史之外，還工於舊體詩詞，但公開發表者極少，據說頗有些存稿。長期在武漢工作的唐門諸弟子，

------

① 此語見先生壬申（一九九二）覆汪榮祖函。參汪氏：《義寧而後稱祭酒——悼念史學家唐長孺先生》，臺北《歷史月刊》一九九五年三月號，第八八頁。

② 《舊唐書》卷一三九《陸贄傳》："贄在忠州十年，常閉關靜處，人不識其面，復避謗不著書。"《新唐書》卷五七《陸贄傳》："既放荒遠，常闔戶，人不識其面，又避謗不著書。"

能否有如復旦蔣先生所爲,將老師所撰詩詞加以收集整理呢?廈大韓國磐先生、歷史所的熊德基先生、張書生先生也是撰有些詩詞,都沒有、或只發表一二首。在他們生前或身後,皆已收集付梓了,並分別給了我一册。值兹唐師仙逝十周年之際,私念及此,因特竭誠期望在武漢工作的唐師諸弟子爲之,使它刊印問世。它同樣是一份珍貴文化遺產,足以啟迪教育後人,功德無量。諸公以爲然乎? 其有志於斯者乎!"①

然則,余雖不敏,亦知整理先生詩詞,絕非易事! 故當其時,縱然心動,亦不敢妄圖承接。還須辨明者,乃張氏所云,先生詩詞"頗有些存稿",原非事實。前揭先生自言:"三十以後絕少作詞。"又言:"偶一爲之,亦多不存稿。"雖似僅言詞作,實則詩作亦在其中也。蓋先生後來專意治史,視詩詞如逢場作戲,興至則爲,興盡則棄,始終未予重視。故先生從未自編"詩詞集"。因而,整理先生詩詞,必須從零訪輯。此爲事之最難者。而余在其時,因種種緣故,萬難分心,遂致宕延,竟爾長達七年之久。

辛卯(二〇一一)七月,余赴珞珈山,参加先生百年誕辰紀念會。其間,與先生哲嗣剛卯會晤,知先生詩詞

---

① 張澤咸:《温故與懷念》,《魏晉南北朝隋唐史資料》第二十一輯(唐長孺教授逝世十周年紀念專輯),武漢大學文科學報編輯部,二〇〇四年十二月,第二四頁。

仍無人整理,考慮再四,遂主動請纓,祗承編注之役。其時,已知先生詩詞,確如前文所説,散佚已久,迄無成稿。遂求諸剛卯,先生良友吳于廑哲嗣吳遇,同門牟發松、孫繼民等,協助訪輯。剛卯從先生《格廬日記》輯出者最爲大宗①,然亦僅得十四首;其他零散手稿,也不過區區十餘首。吳遇寄送者多爲先生與乃父唱和之作,且與剛卯寄送手稿率多重複。發松、繼民寄送者爲先生寫贈手稿及報刊揭載之作,總計不足十首,重複者亦强半焉。余遂與剛卯相約繼續爬梳。三年來,幸各有所獲。其最堪稱道者有三焉。剛卯訪知蔣禮鴻(雲從)、盛静霞(弢青)賢伉儷家有先生詞作手稿,遂與其哲嗣蔣遂聯繫,獲圖版二幀,詞作五首。此爲先生民國三十二年(一九四三)至民國三十三年(一九四四)舊作,可訂正《〈懷任齋詩詞·頻伽室語業〉合集》迻録之誤②,洵可寶也。此其

① 《格廬日記》起民國二十九年(一九四〇)十月九日,止民國三十一年(一九四二)三月十六日,僅存一年又五月。參凍國棟:《唐長孺先生史學論著未刊稿叙録(一)——附説:唐先生早年未刊稿所見的治學理路與方法》,《魏晉南北朝隋唐史資料》第二十一輯(唐長孺教授逝世十周年紀念專輯),武漢大學文科學報編輯部,二〇〇四年十二月,第一三九頁。

② 蔣禮鴻、盛静霞:《〈懷任齋詩詞·頻伽室語業〉合集》,香港:天馬圖書有限公司,二〇〇四年二月。按:該《合集》由蔣禮鴻之高弟黃征整理,見黃氏:《前有沈祖棻後有盛静霞——我與〈懷任齋詩詞·頻伽室語業〉的刊印》,《新世紀圖書館》二〇〇八年第二期,第九六、三一一頁。

一也。海上許全勝從民國二十二年(一九三三)章太炎、金松岑主辦之《國學商兌》、《國學論衡》輯出先生詞作三首,余聞信往索,彼即慷慨惠贈,令人感動。此其二也。余令門生米婷婷赴國家圖書館、北京大學圖書館補攝《國學商兌》、《國學論衡》先生詞作圖版,順查民國二十三年(一九三四)至民國二十四年(一九三五)金松岑主辦之《文藝捃華》,不料從中輯出先生詩詞十八首,最爲大宗,亦因緣幸事也。此其三也。至此,共得先生詩詞六十五首(以己丑易代爲界:前有四十三首,後僅二十二首),另有對聯三副、碑銘一首,以及譯著引言四篇、文言散文二篇,方可著手編注矣。

　　孰料編注亦殊不易。自甲午(二〇一四)秋著手,至乙未(二〇一五)冬竣功,時斷時續,竟茌苒一年有餘。首先自是本人工作繁重,所承擔之故宮甲骨、長沙吳簡、新中國墓誌三大項目,役事煩夥,此伏彼起,應接不暇。其次則係先生作詩認真,尤以晚年爲甚,初稿、改稿、定稿,一詩多本,且無區別,鑒定稍費時日。再次則係先生詩詞向無成稿,存儲悉在大腦,迨至晚年,門生故舊索詩,全憑記憶寫出,其間想虛寫虎,難免失真,考訂亦頗不易。而最爲勞力勞心者,則係先生暮年雙目近乎失明,手書多僅具點畫,幾於不可辨識。先生有《記湘行及國立師範學院》與《入蜀記》二文,暮年之作也。此爲先生僅存之文言散文,余欲作附錄收入本書,以見先生之

古文素養。然前文尚完整，後文似未竟，都凡二十七紙，
錯行疊字，復加竄點，釋讀任務之艱鉅，較余之釋讀簡
牘、文書、墓誌，難易何啻什伯！幸而天佑斯文，終葳其
事，亦可以惠慰我心矣。

　　然事功尚有不足者。原擬藉整理之暇，對先生民國
年間遺躅作系統尋訪，以增進對先生詩詞之理解。蓋吳
江平望、吳興南潯、海寧硤石諸鎮，上海光華大學、藍田
國立師院、樂山武漢大學諸舊址，僅吳興南潯鎮，甲申
（二〇〇四）十月，嘗一至其地，其餘不過神遊而已矣。
不想其時更無閒逸，幾次欲行，幾次又中止。所幸今年
四月下浣，藉赴長沙整理吳簡之便，專誠往湘西之漣源，
得瞻藍田國師之舊址。舊址即今漣源第一中學也。内
有國師路、國師橋、國師廣場諸紀念名物。另有國師展
板，鋪陳當年國師教職人員照片，先生在其中焉。睹物
懷人，不勝依依。其地爲先生湘行之終點，入蜀之起點，
余能至此，東顧西盼，亦堪聊以自慰耳。其未盡事宜，另
參本書《凡例》及《跋語》，此不復贅述云。

　　　　　　　受業　王素　謹識
　　　　　　　乙未孟冬於故宮城隍廟

凡　例

一　本書編輯以己丑（一九四九）易代爲界，分上下編：上編收詩詞四十三首，按民國紀年，從舊曆也；下編收詩詞二十二首，按干支繫歲，遵新規也。

二　本書整理採用編年體：起清宣統三年辛亥（一九一一）先生生，一歲；止癸亥（一九九四）先生卒，八十四歲。是二年無詩詞，以見先生之始終也。

三　本書編年雖以有詩詞爲限，然有詩詞已佚或疑有詩詞亦予編年，以保證無漏略也。間繫家國藝事，以見先生史學外之才調，增進對先生詩詞之理解也。

四　本書解説採用箋注體：箋者置文中，疏本事緣由也；注者附頁下，釋名物出處也。箋疏舉其大端，注釋備其細末，至於引文用典，則不一一箋注也。

五　先生詩詞，凡經正式刊佈者，皆詳注出處，以備讀者查證檢索也。凡録自手書者，多出唐剛卯與吳遇家藏，兼及其他門生故舊收藏，不一一注明也。

六　先生詩詞，凡未經正式刊佈者，或一詩有數本，各本文字不盡相同，本書正文僅迻録正確之定本，箋注則依次著録他本，並分析原委及説明理由也。

　　七　先生詩詞釋文,多按印刷原字與手書原體照錄,以存其真也。先生詩詞圖版,皆下注攝製人姓名及參本書何年,以不没作者之功及便於讀者互校也。

　　八　本書涉及人物衆多,爲避免混淆,"先生"一詞,謹爲先師專稱,其他前賢師長,皆免尊稱,直接記名,非不敬也,蓋有無可如何者也。尚惟鑒諒!

目　録

上　編

清宣統三年（一九一一）　先生生，一歲

是年，農曆六月九日、公曆七月四日，先生生於蘇州府吳江縣平望鎮之西塘街耕畬草堂，按舊曆，是年先生一歲。

【箋疏】

是年公曆十月十日，辛亥革命爆發。明年元旦，中華民國成立，稱民國元年。先生生於辛亥革命爆發前，故應仍用前清紀年。今人計生辰率用公曆，故辛卯（二〇一一）七月，武漢大學召開先生百年誕辰紀念會，從周年計歲法也。古人計生辰率用舊曆，從生年算起，蓋以“十月懷胎”亦爲一歲也。此處從舊曆。

按：平望唐氏，世爲吳江人。明嘉靖（一五二二至一五六六）間，有唐理臺者，自吳江東門外遷平望鎮之三官橋北邙圩，爲平望唐氏之一世祖也。二世景心，三世彥宜，四世文韜，五世德昇，皆務農。至六世雍時，已有良田數百畝，爲當地首富。七世天儀棄耕就讀。八世憶望

轉營糧米。九世菊溪以絲米致富,遂於清嘉慶(一七九六至一八二〇)間,再遷平望鎮之西塘街寺浜里。十世怡齋、十一世皋蘭(修齡),相繼仍以絲米爲業。太平軍興,平望屢遭兵燹,唐氏家産受損嚴重。事後,皋蘭(修齡)再轉營蠶繭絲綢,又出租耕地,家業復昌。清末,在平望開"唐大昌繭絲行",有"唐半鎮"、"唐百萬"之號焉。"唐"與當地"殷"、"凌"、"黄"三姓,合稱平望四大望族。至十二世芝明,與諸弟在西塘街合建四進樓房,前爲鋪面門樓,後爲兄弟住宅,名曰"耕畲草堂"。芝明者,耕餘老人之父,先生之祖父也①。

民國五年(一九一六) 先生六歲

是年,先生與姊妹二人寓止母舅浙江吴興南潯鎮之小蓮莊。正月,嘗隨耕餘老人至海寧硤石鎮遨遊並留影,老人有題影詩一首,詠謔其事。

---

① 參:清里人公輯:《平望鎮志》,西郊草堂鈔本;清翁廣平纂:《平望志》,光緒十三年吴江黄兆檉重刊本;清黄兆檉撰:《平望續志》,光緒十三年吴江黄氏刊本。見《中國地方志集成·鄉鎮志專輯》第十三册,南京:江蘇古籍出版社,一九九二年八月。另參周德華《唐氏家史》、佚名《平望西塘街》諸網文。不具録。

五古

唐耕餘老人題影遺詩

兒童饒天趣，不知人世憂。
但知衣與食，食罷便遨遊。
軒冕不能賞，富貴非所求。
何如上古民，白鷗許其儔。

【箋疏】

此詩録自先生與姊妹二人合影像框之右邊框，左邊
框有款曰："民國五年正月，鶼而題，時通八齡，鯑六齡，
圓四齡。"（圖一）知皆爲耕餘老人之手澤也。"鶼而"自
應爲老人雅號，其字通作"鶼鵝"，燕燕别名也。元陶宗
儀《輟耕録》卷二六《鶼傳》釋義曰："鶼鵝秋冬遠遁，是
避役者也。"①金松岑《春到》詩："著述寧爲兔毛褐，艱危
習作鶼鵝身。"②可窺老人命號之意焉。合影右爲先生，
即款中之"鯑"也。"鯑"，魚名，類鮒（今名鯽），機敏靈
動，善於遁藏，與"鶼鵝"亦堪譬類也。左爲姊"通"，昵稱

<hr />

① 元陶宗儀：《輟耕録》，《景印文淵閣四庫全書》第一○四○册，臺灣
　商務印書館，一九八二至一九八六年，第七○一頁。
② 金松岑：《春到》，《天放樓詩集》卷二一癸未歲（一九四三）條，金天
　羽著、周録祥校點《天放樓詩文集》中册，上海古籍出版社，二○○
　七年十一月，第四七七頁。

"通官"①，即素心也。中爲妹"圓"，即早夭者②。耕餘老人於民國五年稱"時通八齡，鱸六齡，圓四齡"，可知亦按舊曆計算子女年齒。合影下端：左邊英文彩印"Ih Dong Jeng SIA SHIH"（硤石一同人照相館），右邊中文彩印"硤石卯橋干河上東首一同人照相少蓮"。"硤石"，鎮名，屬浙江海寧縣，明清以降，備極繁華，號稱浙西市鎮之最。南潯至硤石不過數十里，故可往遊焉。"卯橋"、"干河"，硤石鎮之橋、街名。"一同人照相"，干河街照相館之名；"少蓮"，人名，宋姓，該照相館之老闆也③。

按：吳興之南潯，向爲江南歷史文化名鎮。宋即以耕桑之富，甲於浙右。明清人文之盛，亦競於一方。"小蓮莊"者，南潯劉氏之私家園林也。劉鏞於光緒十一年（一八八五）始建，劉承幹於民國十三年（一九二四）終

① "通官"之稱又見先生妹（露葵）丈柳義南撰述之《憶唐長孺教授》，《拾遺集》，蘇州市吳江市文聯，二〇〇九年五月，第二一一頁。

② 按：相關譜傳皆謂先生兄弟姊妹共六人。余初觀合影，據"圓"之"四齡"，逆推"圓"之生當於民國二年（一九一三），然先生弟妹未有生於是年者，遂向唐剛卯探問，剛卯亦不解，經向各方戚屬諮詢，二〇一三年十一月二十六日來電告余：先生兄弟姊妹實則七人也，一人早夭，遂成六人之數。則此早夭者，乃長妹"圓"也。

③ 據唐君秋記述："杭州人宋少蓮開的一同人照相館，雙開間很氣派，中間是玻璃櫥窗陳列各式照片，是硤石的老牌照相館。"見唐氏：《漫談硤石干河街》，《海寧日報》二〇一四年二月二十三日第A七版。

成。承幹者,鏞之嫡長孫也。祖孫三代經營四十年,美輪美奐,亦中亦西,自非尋常園林可比①。先生學前恒與姊妹在此寓止。葛劍雄者,南潯人也,嘗撰《南潯的魅力》,記兒時見聞甚都,中云其師譚其驤好聞南潯掌故,繼曰:"他的好友唐長孺教授是劉承幹的外甥,自幼住在小蓮莊,解放後爲劃清界綫,隻字不談劉家,晚年卻時時思念南潯。"②有以也。余於南潯,僅甲申(二○○四)十月,藉海上開會之便,一至其地,然來去匆匆,印像有限。甲午(二○一四)六月十日,余應邀參加國家旅遊局申報五A級旅遊景區景觀品質專家評審會,收穫《南潯古鎮創建國家五A級旅遊景區申報資料》一册,全彩印製,精美異常,可資卧遊,始對南潯有較多瞭解。其"南潯景點"一節,首爲劉鏞創建之"小蓮莊",次即其孫承幹所建之"嘉業堂藏書樓",劉氏家族之園林與文化建築,對於南潯之重要意義,由此可知矣。

　　耕餘老人工詩,與柳亞子爲鄉黨(柳爲吴江縣黎里鎮人),柳氏創建"南社",老人自爲成員,故《南社紀略》

---

①　參:清汪曰楨纂:《南潯鎮志》,同治二年刊本;清范來庚纂:《南潯鎮志》,民國二十五年《南林叢刊》鉛印本;民國周慶雲纂:《南潯志》,民國十一年刊本。見《中國地方志集成·鄉鎮志專輯》第二二册,上海書店,一九九二年七月。不具録。

②　葛劍雄:《南潯的魅力》,《葛劍雄文集六:史跡記蹤》,廣州:廣東人民出版社,二○一五年二月,第一○頁。

有其名焉①。然老人詩作多不傳,故此題影遺詩彌足珍
貴。老人與夫人劉氏諱蘊玉共育子女七人,除"圓"早
夭,尚存六人,本書容或提及,故先將各自婚姻情況介紹
如次:長女素心,幼名通,嫁王春浦,上海恒豐洋行老闆
王星齋之子也;長子即先生,名號參本書《弁言》,娶王氏
諱毓瑾,吳江盛澤鎮人,亦先生之鄉黨也;次子仲孺,娶
林美美,星島華僑巨商陳嘉庚之外孫女;三子叔孺,未
婚,太平洋戰爭爆發,逃難途中病歿;次女露葵,幼名齊,
嫁柳義南,字子依,吳江蘆墟鎮人,柳亞子之侄;三女季
雍,嫁金克木,字子默,北京大學東語系教授、著名
學者②。

民國二十二年(一九三三)　先生二十三歲

是年,先生在平望閒居。蓋去年夏秋間,先生上海

---

① 柳亞子文集編輯委員會主編、柳無忌編:《柳亞子文集・南社紀略》
附録一《南社社友姓名録》,上海人民出版社,一九八三年四月,第
二〇二頁。

② 另參:唐露葵:《憶先父唐耕餘》,《吳江文史資料》第十六輯,一九九
八年三月,第四九至五三頁;柳義南:《憶唐長孺教授》,《拾遺集》,
蘇州市吳江市文聯,二〇〇九年五月,第二一一至二一四頁;凍國
棟:《唐長孺先生生平及學術編年》,《魏晉南北朝隋唐史資料》第二
十七輯(唐長孺先生百年誕辰紀念專輯),武漢大學人文社會科學
學報編輯部,二〇一一年十二月,第五五九頁。

大同大學卒業,嘗往上海愛群女子中學任教(代課),然無何失業,遂不得不返鄉,賦閒家居也。六月,發表《解連環》詞一首。此爲先生首次發表詞作,啼聲初試,即非凡響。十二月,又發表《燭影搖紅》、《卜算子》詞二首。

解連環

障窗淒色。對烟枝霧葉,浸天空碧。任帳底、不隔鶯聲,已難判暖涼,恨悰歡迹。慘淡河橋,繞垂楊、鵑啼無力。賸東風一綫,刻意沉陰,畫羅輕擲。　　春恨頓成冷澀。悄屏山掩路,斷夢誰覓。便賸魂、飛到蓬山,怕愁損眉彎,枉悲羈客。一角相思,已心悴、藏來嫌仄。檢離情,一齊付與,淚花點筆。

【箋疏】

　　此詞録自《國學商兑》第一卷第一號(圖二),署名"吳江唐長孺"①,係先生公開發表之第一首詞作(圖三)。"解連環"一名,原出《戰國策》卷一三《齊策六》:"秦始皇嘗使使者遺君王后玉連環,曰:'齊多智,能解此環不?'君王后以示群臣,群臣不知解;君王后引椎椎破

---

① 先生:《解連環》,《國學商兑》第一卷第一號,一九三三年六月,第三七頁。

之,謝秦使曰:'謹以解矣!'"①後多以"解連環"喻解析疑難。而人世間最難解者,莫過於離情別緒。故《解連環》作爲詞牌,雖始於柳永之"望梅"("小寒時節"),卻定調於清真之"題怨別"("怨懷無託"),有以也。夢窗以"暮簷涼薄"抒"秋情",以"思和雲結"詠"留別姜石帚",將《解連環》之"題怨別"運裏至極致。先生此詞,蓋學夢窗,寫閨怨與懷征夫也。本書《弁言》引先生晚年所云"當時學夢窗詞,爲無病呻吟之語"(出處另參下文),殆以此詞爲濫觴耶?

言及先生此詞,尚有逸聞一則,茲節録如下。據汪榮祖回憶:"有一次,我偶見唐先生少年時所填《解連環》詞,乃抄録給程君(喜霖),請其轉呈。唐先生見到後,即來信説:'前日喜霖過訪,見賜佳作,吟誦之餘,深佩功力之深!長孺少年時頗耽倚聲,中年以後專意治史,遂少寫作,偶一爲之,亦多不存稿。他日搜檢敝篋,如存有舊作,當寄奉詣正。'(榮祖)乃即馳書説明,不久即得到他的一封長函,並附另一舊作《霜花腴》。(函云)'上月喜霖攜來尊書《解連環》詞,初閲一過,困於目力,最後數語,竟未留意。前日搜尋敝篋,思以舊作詣正,方知尊書即是拙作。五十年前所作,茫如隔世,竟不復憶,乃竟誤以爲尊作,可謂趣聞。今再呈上舊作《霜花腴》一闋詣

---

① 漢高誘注、宋姚宏續注:《戰國策》,《景印文淵閣四庫全書》第四〇六册,臺灣商務印書館,一九八二至一九八六年,第三二八頁。

正。《解連環》寫作時間更早,當時學夢窗詞,爲無病呻
吟之語,揣(新)手試作而已。專此布聞,聊博一粲。"①
先生與汪氏交往,始於辛酉(一九八一)十月,本書該年
有載,可以參閱。先生函中另有"老而健忘,加以目力近
於失明,書寫不過粗具點畫,而紀年又誤壬申爲辛未,荒
率可笑"語,"壬申"爲一九九二年,是年先生已八十二歲
矣,則稱此詞爲"五十年前所作",與實際填詞之年猶有
十年之差也。而汪氏所揭先生二函(一寫於六月十一
日,一寫於六月二十八日),亦當寫於是年。是後,先生
遂得恒與門生故舊談及此詞。然門生故舊介紹、轉錄此
詞,出處、字句每多訛誤②,宜以本書記載爲準。

燭影搖紅
題沈宗吳桂林山水圖

湍石偎厓,淺波草盪征袍濺。離愁多到眼前來,迎

---

① 汪榮祖:《義寧而後稱祭酒——悼念史學家唐長孺先生》,臺北《歷
　史月刊》一九九五年三月號,第八七至八八頁。

② 郁德雯:《一代史學大家 古文書泰斗——唐長孺:古塚遺文 十
　年心血》,香港《文匯報》一九九四年九月二十日《中華風采》版;姜
　伯勤:《教外何妨有別傳——從唐先生〈游潮州〉佚詩論唐先生詩學
　及其與金明館主的學術因緣》,《魏晉南北朝隋唐史資料》第二七輯
　(唐長孺先生百年誕辰紀念專輯),武漢大學人文社會科學學報編輯
　部,二○一一年十二月,第五頁;武漢大學中國三至九世紀研究所:
　《唐長孺文集·前言》,北京:中華書局,二○一一年四月,第二頁。

送圓波盼。開霽荒烟望遠。展屏風、青青峰瓣。驚
飆過處,千樹回頭,難尋歸雁。　　程隔南雲,心期
渺記江湖斷。網窗殘夢繞天涯,朝暮孤帆箭。莫信
芳遊舊慣。但迢遞、長途未判。山痕愃染,墨瀋能
知,幽懷催换。

【箋疏】

　　此詞録自《國學論衡》第一卷第二期(圖四),署名
"吴江唐長孺"①。"國學論衡"爲"國學商兑"改名。《金
松岑先生年譜簡編》是年云:"五月初九日,國學會會刊
《國學商兑》出版,第二期起易名爲《國學論衡》。"②"燭
影摇紅"一名,舊傳與宋宫廷疑案有關。宋釋文瑩《續湘
山野録》記宋太祖召開封王亦即太宗入宫對飲,而將"宦
官宫妾悉屏之",衆人在外"但遥見燭影下,太宗時或避
席,有不可勝之狀",將五鼓則"帝已崩矣"③。此處"燭
影",李逸侯《宋宫十八朝演義》第十九回即衍爲"燭影摇
紅",謂"只遥見燭影摇紅,晉王在燭光影裏時或離席,像
遜讓退避的形狀"。故後世多以"燭影摇紅"喻悲歡離合

①　先生:《燭影摇紅》,《國學論衡》第一卷第二期,一九三三年十二月,
　　第五六頁。
②　金天羽著、周録祥校點:《天放樓詩文集》附録五《金松岑先生年譜
　　簡編》,上海古籍出版社,二〇〇七年十一月,第一四九八頁。
③　宋釋文瑩:《續湘山野録》,《景印文淵閣四庫全書》第一〇三七册,
　　臺灣商務印書館,一九八二至一九八六年,第二七四頁。

之飲宴。作爲詞牌亦然。宋吳曾《能改齋漫録》卷一七《樂府下》記王詵撰《憶故人》詞，首句爲“燭影搖紅向夜闌”，宋徽宗喜其詞意，然“猶以不豐容宛轉爲恨”，遂令周美成（清真）增損其詞，而以首句爲名，謂之《燭影搖紅》①。而先生此詞，亦爲寫離愁別怨者也。“沈宗吳”其人無考。按“天下沈氏出吳興，吳興沈氏出竹墩”之説，其人亦應爲浙江湖州府吳興竹墩村人。竹墩村位於今湖州市南潯區菱湖鎮，與先生母家同里巷，先生以詞詠其畫作，亦有以也。清乾嘉間有沈宗騫者，字熙遠，號芥舟，又號研灣老圃，亦爲吳興人。其人善書畫，書法二王，畫工山水。所作《漢宮春曉》、《萬竿煙雨》及現存水墨、設色諸山水册頁，氣韻高古，在黃大癡與董香光之間。所著《芥舟學畫編》四卷，爲“四王”之後畫學理論名著，其卷一、卷二，亦論山水者也②。“沈宗吳”亦工山水，其與沈宗騫爲兄弟行歟？

卜算子
再題沈宗吳桂林山水圖

當鏡鬭妝紅，刻意調眉翠。擷到迷離水觝雲，頓整

① 宋吳曾：《能改齋漫録》，《景印文淵閣四庫全書》第八五〇册，臺灣商務印書館，一九八二至一九八六年，第八二九頁。

② 繆宏波：《沈宗騫的繪畫理論》，《中國花鳥畫》二〇〇五年第二期，第七七至七九頁；萬新華：《沈宗騫的山水畫觀》，《美苑》二〇〇七年第二期，第四六至五二頁。

千鬟膩。　　喧石夢潮來,澄浪愁潮退。好借枝頭萬葉風,與送孤帆至。

【箋疏】

此詞亦録自《國學論衡》第一卷第二期,列前詞(《燭影搖紅》)之後,署名"前人"①。《卜算子》爲常用詞牌,又名《百尺樓》、《楚天遥》、《眉峰碧》、《缺月掛疏桐》等。據傳,該詞牌源出唐駱賓王作詩喜用數字,人稱"卜算子"。先生此詞,數字雖亦不少,如"千"、"萬"、"孤"等,然非重點,重點仍在寫離愁別怨耳。

按:凍國棟《編年》一九三二年條:"上海大同大學畢業,於上海愛群女子中學任教(代課),講授國文、歷史。"又一九三三年一月至一九三五年八月條:"失業在家。"②從是年發表《解連環》、《燭影搖紅》、《卜算子》三詞觀之,先生返鄉閒居間,雖因學夢窗詞,習"爲無病呻吟之語",然心境亦確乎不佳也。

---

① 先生:《卜算子》,《國學論衡》第一卷第二期,一九三三年十二月,第五六頁。
② 凍國棟:《唐長孺先生生平及學術編年》,《魏晉南北朝隋唐史資料》第二十七輯(唐長孺先生百年誕辰紀念專輯),武漢大學人文社會科學學報編輯部,二〇一一年十二月,第五六〇頁。

民國二十三年（一九三四）　先生二十四歲

　　是年，先生在平望閒居兼養疾。暑假，應鄉黨之約，參與創辦“平望尚志暑期學校”。八月，發表《園居即事》（二首）、《病懷》、《獨遊西草蕩》、《朝發》、《晚眺》、《題吴蕘圃山水幛子》詩七首。此爲先生首次發表詩作，金松岑選薦之功不可没也。十二月，又發表《病起步後園》、《秋晴間步》、《中秋遣興》、《與椿楠步水平庵》、《鷓鴣天》詩詞五首。

七律

園居即事　二首

其一

椎耳酸聲獨雁歸，冷烟雜雨挾秋飛。
古籐頹屋西風暗，秃筆尋詩墨氣肥。
種菜光陰癡作計，灌園事業意多違。
一杯乞許花間住，白酒黄雞願豈微。

其二

屋牙銜曝暖樓臺，老雀于于據樹咍。
茶冷拗桑翻焰活，露涼踞石看雲回。
肝腸跳擲玄言聖，黑白迷離劫局哀。

輸與黃雞龍啄日，徘徊端恐負深杯。

【箋疏】

　　此詩録自《文藝捃華》第一卷第四册（圖五），署名"吴江唐長孺"①。寫作當在去歲（一九三三）初秋，地點即在吴江平望自家庭園也（參下文《題吴薿圃山水幛子》箋疏）。

七古

病懷

　　絶慮已似艮位空，糟醨差可塞明聰。
　　病懷機發我未禁，一一揮之簾外風。

【箋疏】

　　此詩亦録自《文藝捃華》第一卷第四册，列前詩（《園居即事》）之後，署名"前人"②。先生門生故舊介紹、轉録之《絶慮》即指此詩，然出處、字句每多訛誤③，宜以本

---

① 先生：《園居即事》二首，《文藝捃華》第一卷第四册，一九三四年八月，第三二頁。

② 先生：《病懷》，《文藝捃華》第一卷第四册，一九三四年八月，第三二頁。

③ 郁德雯：《一代史學大家　古文書泰斗——唐長孺：古塚遺文　十年心血》，香港《文匯報》一九九四年九月二十日《中華風采》版；姜伯勤：《教外何妨有別傳——從唐先生〈游潮州〉佚詩論唐先生詩學及其與金明館主的學術因緣》，《魏晉南北朝隋唐史資料》第二十七輯（唐長孺先生百年誕辰紀念專輯），武漢大學人文社會科學學報編輯部，二〇一一年十二月，第五頁；武漢大學中國三至九世紀研究所：《唐長孺文集·前言》，北京：中華書局，二〇一一年四月，第二頁。

書記載爲準。揣摩此詩，先生是時恐嬰微恙，尚未勿藥也。

五律

獨遊西草蕩

隨心紅靄苦，照眼白波閒。

落日騎秋穩，驚風動地頑。

灘乾陷蚌蛤，塚古觀江山。

撥抱孤舟去，蘆花夢外攀。

【箋疏】

此詩亦録自《文藝掎華》第一卷第四册，列前詩（《病懷》）之後，署名“前人”①。江浙以“草蕩”爲名之地甚夥，揣摩詩意及先生行跡，應指今浙江桐鄉、嘉興間之“草蕩”也。該“草蕩”分東、西二部，自吳越起即爲著名戰場。清吳曹麟《語溪棹歌》有云：“游屯涇上草萋萋，紀目坡邊一色齊。周帳當年曾放牧，漁舟唱過蕩東西。”景色自然亦甚可觀。其時先生應寓止南潯母舅家，距“西草蕩”不過數十里，乘興一游也。

————————

① 先生：《獨遊西草蕩》，《文藝掎華》第一卷第四册，一九三四年八月，第三三頁。

五律

朝發

曉氣明遥日，朝陽樹腹完。

蚍蟠礪石溜，鴉去野窩殘。

片席安漁叟，孤雲切健翰。

團圓波四面，擊岸作鞭看。

【箋疏】

此詩亦録自《文藝捃華》第一卷第四册，列前詩(《獨遊西草蕩》)之後，署名"前人"①。先生門生故舊介紹、轉録之《曉竹》即指此詩，然出處、字句每多訛誤②，宜以本書記載爲準。先生從平望至南潯母舅家，往返多走水路。此詩蓋紀途中見聞者也。

---

① 先生：《朝發》，《文藝捃華》第一卷第四册，一九三四年八月，第三三頁。

② 郁德雯：《一代史學大家　古文書泰斗——唐長孺：古塚遺文　十年心血》，香港《文匯報》一九九四年九月二十日《中華風采》版；姜伯勤：《教外何妨有別傳——從唐先生〈游潮州〉佚詩論唐先生詩學及其與金明館主的學術因緣》，《魏晉南北朝隋唐史資料》第二七輯(唐長孺先生百年誕辰紀念專輯)，武漢大學人文社會科學學報編輯部，二○一一年十二月，第五頁；武漢大學中國三至九世紀研究所：《唐長孺文集·前言》，北京：中華書局，二○一一年四月，第二頁。

五律

晚眺

風高翻白鳥，日落冷紅亭。

强撫枯槐嘯，孤吟禿鶩聽。

繁憂依畫角，一笑暖雲屏。

幽意黄塵裏，行吟撥水萍。

【箋疏】

此詩亦録自《文藝捃華》第一卷第四册，列前詩(《朝發》)之後，署名"前人"①。

七古

題吳莪圃山水嶂子

雲山澹澹涵虚神，老樹落漠强自尊。

不屑之氣空依傍，粃糠世法適其真。

取悦耳目資甜熟，造心擊塵難苟陳。

肥魚大蛤不爲美，筍蔬有時勝八珍。

莪翁畫筆老平淡，看雲贊拜歎絶倫。

倪迂往矣誰其躅，吁嗟我意何由申。

---

① 先生:《晚眺》，《文藝捃華》第一卷第四册，一九三四年八月，第三三頁。

【箋疏】

此詩亦録自《文藝捃華》第一卷第四册,列前詩(《晚眺》)之後,署名"前人"①。"吳蕘圃"應即吳麐。《歷代畫史彙傳》卷七據《墨香居畫識》:"吳麐字蕘圃,江西人,山水長於小幅,出入元四家,以疎散簡淡爲主。"②"幛子"與舊"幡子"相類,多用於慶弔,以整幅布帛爲之,其上或題字或繪畫,供懸掛者也。

按:此《題吳蕘圃山水幛子》詩後有雙行小注,全文爲:"長孺詩幽澀似郊、島,及永嘉四靈,亦受散原之暗示。長吉鬼才,非少年所宜,已切戒之。而仍登數首,不泯其長。松誌。"蓋金松岑綜括評品前揭七首詩,並勉勗先生之語也。松岑時任《文藝捃華》文學部幹事,此七首詩,皆爲其選薦發表者。細味之,既有東野之"鉤章棘句,掐擢胃腎"(韓愈《貞曜先生墓誌銘》),亦含閬仙之"孤絶"(蘇絳《賈司倉墓誌銘》)、"奇僻"(劉客莊《後村詩話》),誠至論也。然亦與先生際遇相關也。先生民國二十一年(一九三二)上海大同大學畢業,先於上海愛群女子中學代課,旋即失業。民國二十二年(一九三三)元

---

① 先生:《題吳蕘圃山水幛子》,《文藝捃華》第一卷第四册,一九三四年八月,第三三頁。

② 清彭藴璨撰:《歷代畫史彙傳》,《續修四庫全書》第一〇八三册,上海古籍出版社、北京綫裝書局,二〇〇二年,第一八四頁。

月至民國二十四年(一九三五)八月,賦閒家居,兼嬰微恙,故得從容研習幽澀一派詩作,汲取與己心境相通者,發之於詩也。下錄同年及翌年發表諸詩作,皆大體類同,將不復提示云。

七律

病起步後園

病餘皮骨照蒼苔,好影婆娑不可追。
霜外冷株噓落日,坡前敗葉鎖空臺。
虀鹽賤命依詩膽,蔬韭微情出酒杯。
怪事紛然誰得理,啼鴉滿目過牆隈。

【箋疏】

　　此詩録自《文藝捃華》第一卷第六册(圖六),署名"吳江唐長孺"①。揣摩詩意,蓋病雖瘳減,可於後園閒步,然身體尚未痊可,仍須餌藥也。

七古

秋晴間步

踏枝好影掠晴鳩,乳鴿張翼窺窗紙。
乾鵲蹲伏娛秋陽,病蝶粘壁雞出埘。

---

①　先生:《病起步後園》,《文藝捃華》第一卷第六册,一九三四年十二月,第二三頁。

時見蟋蟀跳而呼，鼓吹蝦蟆撼屏几。

廢池渟潚潚行潦，鸛味下啄荇藻昵。

魚痕接喋抱葦蘆，亦有騰擲見頳尾。

老蚓屈曲蟠青苔，吐納石氣歌娓娓。

迎門梧檟吹雲涼，明滅秋色嚜絡緯。

離離苦竹圍軒廊，矮松騰聳伸爪觜。

屋角棗頰光酡然，芙蓉丹桂香迤邐。

古籐一株蛟虯飛，柳罅漏出暮山紫。

晴煙颺作青青羅，中移雁點照寒水。

起疴瑟縮向秋風，忽喜清景有如此。

孱夫雀躍眩雙眸，坐擁萬象頗自侈。

但有新愁懸肝腸，斜陽孤角連雲起。

【箋疏】

此詩亦錄自《文藝捃華》第一卷第六册，列前詩（《病起步後園》）之後，署名"前人"①。詩題"間"通"閒"，"間步"即"閒步"也。

五律

中秋遣興

抱夢虛樓隙，放歌墜露前。

---

① 先生:《秋晴間步》,《文藝捃華》第一卷第六册,一九三四年十二月,第二三頁。

微雲明八表，大月冷千年。

石竅花痕活，池塘鵲影圓。

孤依靈境臥，顛倒一相憐。

【箋疏】

　　此詩亦録自《文藝捃華》第一卷第六册，列前詩（《秋晴間步》）之後，署名“前人”①。“樓”原作“穋”，即“耬”，用於此處不辭，應爲手民所誤。“虛樓”指凌空之樓。唐李中《送張惟貞少府之江陰》：“海月入虛樓。”又《晚春客次偶吟》：“閒上虛樓共倚欄。”又《和潯陽宰感舊絶句》五首之二：“曾上虛樓吟倚檻。”②遂據徑改。

五律

與椿楠步水平庵

殘鳥成别影，黯黯遠村分。

吹出迎風笛，飛揚帖水雲。

客心觀逐鶩，草氣落斜曛。

挂鬢長煙裏，英靈若可聞。

---

① 先生：《中秋遣興》，《文藝捃華》第一卷第六册，一九三四年十二月，第二三至二四頁。

② 清康熙：《御定全唐詩》卷七四八至七五〇，《景印文淵閣四庫全書》第一四三〇册，臺灣商務印書館，一九八二至一九八六年，第四〇五、四一三、四一七頁。

【箋疏】

此詩亦録自《文藝捃華》第一卷第六册,列前詩(《中秋遺興》)之後,署名"前人"①。"椿楠",據唐剛卯見告,姓"沈",平望人,先生總角之交也。"水平庵"亦在平望。"英靈"應指楊藝。藝爲平望雪湖人,南明之初,隨瞿式耜巡撫廣西。式耜與兵部侍郎張同敞同守桂林,城破被俘,從容就義。清錢澄之《所知録》卷下云:"留守(瞿式耜)既死,家人盡去,門下士吴江楊藝冒死尋其屍,猶未殊,但血刃在頸耳。具衣冠斂,與張司馬同敞同瘞於北門。"②待局勢稍定,藝又將式耜骸骨送歸常熟,葬於虞山。藝暮年歸雪湖,及卒,鄉人以遺像勒石,置水平庵供養,以緬懷英烈焉③。

鷓鴣天

擬縮蘋波短夢時,春潮銷盡舊心期。銅鸞稜角窺恩怨,粉蝶迴旋見笑啼。　　香减盞,錦纏機,燼煙猶戀舊羅衣。商量不是東風惡,只是斜烟亂霧迷。

---

① 先生:《與椿楠步水平庵》,《文藝捃華》第一卷第六册,一九三四年十二月,第二四頁。

② 清錢澄之:《所知録》,《臺灣文獻史料叢刊》第六輯,《臺灣文獻叢刊》第八六種,臺灣大通書局,一九八六年一月,第六五頁。

③ 另參談燕、王慧君:《雪湖與雪湖橋》,《吴江日報》二〇一四年十一月二十五日第 A 三版。

【箋疏】

此詞亦録自《文藝捃華》第一卷第六册,署名"唐長孺"①。揣摩詞意,寫作當在今年(一九三四)初春,先生之疾病與心緒似已大體瘥差矣。"鷓鴣天"又名《思越人》、《思佳客》、《醉梅花》、《剪朝霞》、《驪歌一疊》,雖始見宋宋祁之"畫轂雕鞍狹路逢",然以稍後晏小山(幾道)所作最爲繁夥及意味雋永。先生此詞,有小山遺韻,乃拓展詞路之作也。

按:殷恭毅《平望旅外學生暑期辦學紀實》云:"一九三四年暑假,吳天錫自蘇州回鄉,即約唐長孺、馮新善、宋之誠、吳陸桐和我商議共步倪徵噢、淩景埏等暑假辦學的後塵,大家欣然同意,立即籌備開學,校名按吳天錫提議定爲'平望尚志暑期學校',經費由參加辦學者量力認捐,另外,還向支持辦學的家長尋求贊助。"②知是年暑假,先生嘗應鄉黨之約,參與創辦"平望尚志暑期學校"。尚志暑校共舉辦四期,是年開始,民國二十六年(一九三七)抗戰爆發結束。第一期以小學爲主,第二期後增辦初中一、二年級班,皆爲半日制,午前授課,午後休息,每

① 先生:《鷓鴣天》,《文藝捃華》第一卷第六册,一九三四年十二月,第二六頁。
② 殷恭毅:《平望旅外學生暑期辦學紀實》,《吳江文史資料》第十六輯,一九九八年三月,第一三六至一三七頁。

期一月,對平望人才培養頗有裨助。

民國二十四年(一九三五) 先生二十五歲

是年,先生先在平望。其間,先生嘗往海上訪友。八月,應聘赴南潯中學任教,教授漢唐歷史。十二月,發表《秋夜試步》、《題石谷子枯木寒鴉幛子》、《感事》、《得椿楠書卻寄》、《春日偕子强恭毅聚滄竹岡橋》、《重九》詩六首。

七律

秋夜試步

出門挂影一湖水,木顫雲飛萬鬼窺。
枕耳石根私冷語,闌胸夜氣出寒枝。
平生所信寧甘爾,他日猶言足自知。
豈摘黃花數佳日,斜風細雨落危巵。

【箋疏】

此詩録自《文藝捃華》第二卷第四册(圖七、圖八),署名"吴江唐長孺"①。

――――――

① 先生:《秋夜試步》,《文藝捃華》第二卷第四册,一九三五年十二月,第四三至四四頁。

五古

題石谷子枯木寒鴉幛子

玄陰溟蒼穹，嵯峨風吹陌。

晏歲柳髟鬖，了了霜霰白。

巢鶯了已違，鳴蟬運何厄。

僂蹇指臂伸，健骨四旁魄。

禿然眩醜枝，傴僂作勢逆。

瘦硬復古簡，削葉如投幘。

野色與沉浮，萬象收樹隙。

夜靜氣愈孤，大月爲賓客。

驚鴉撇空飛，啄月投之驀。

三匝不可尋，延秋夢無宅。

但憶昭陽期，倦影何綿脈。

動盪萬里烟，蜿蜒千山碧。

須臾盍緩之，歸路風遮額。

陽關與灞橋，塵埃皆蕭索。

獨有漢南株，悽愴氣猶霸。

草樹有菀枯，盛衰理能格。

所以古靈來，老兵時嘆喈。

畫師老虞山，辣筆森如戟。

冥搜摇肝腎，岸然大幅擘。

寫此苦寒姿，萬手趑趄卻。

張壁忽窈幽，瞥眼了無隔。

但見走龍虯，梁鼠夜嘖嘖。

【箋疏】

此詩亦録自《文藝捃華》第二卷第四册，列前詩(《秋夜試步》)之後，署名"前人"①。"石谷子"即王翬。翬字石谷，號耕煙散人、劍門樵客、烏目山人、清暉老人等，常熟人，清初山水六大家——"四王吳惲"之一，"虞山畫派"之開創者也。全詩押入聲韻，故"霸"讀匹陌切，屬入聲陌韻。"霸"原指農曆月初始見之月，王觀堂有《生霸死霸考》論之甚詳②。先生謂"悽愴氣猶霸"，乃借用其音也。

七律

感事

耡櫌棘矜誓無辭，合從連衡大笑之。

江左酖豢原不誤，遼天腥穢古如斯。

瘠肥況如視吳越，利弊相權棄四夷。

放馬戢戈殊盛德，堂堂和策更何奇。

---

① 先生：《題石谷子枯木寒鴉幛子》，《文藝捃華》第二卷第四册，一九三五年十二月，第四四頁。

② 王國維：《生霸死霸考》，《觀堂集林》卷一，《王國維遺書》第一册，上海古籍書店，一九八三年九月，第一至五頁。

【箋疏】

　　此詩亦録自《文藝捃華》第二卷第四册,列前詩(《題石谷子枯木寒鴉幛子》)之後,署名"前人"①。揣摩詩意,先生所感之事,爲"九一八"之後之中日關係也。

七絶

得椿楠書卻寄

佳人撇捩不相見,顛倒蒼雲白日間。

千里冥空飛一羽,襟期了了窺孤鷳。

【箋疏】

　　此詩亦録自《文藝捃華》第二卷第四册,列前詩(《感事》)之後,署名"前人"②。"鷳"原作"驀",莫白切,入聲,出韻。又,"驀"原作上馬、騎馬解,與"千里冥空飛一羽"亦不能呼應。疑本字作"鷳",爲手民所誤。漢班固《西都賦》:"招白鷳,下雙鵠。"漢劉歆《西京雜記》:"閩越王獻高帝白鷳、黑鷳各一雙。"清末民初徐珂《清稗類鈔·動物·鷳》:"鷳,通稱白鷳,似山雞而色白,有黑文,

<hr>

① 先生:《感事》,《文藝捃華》第二卷第四册,一九三五年十二月,第四四頁。

② 先生:《得椿楠書卻寄》,《文藝捃華》第二卷第四册,一九三五年十二月,第四四頁。

尾長三四尺,嘴及爪皆赤色。長江以南産生最多。亦作
鶪。"①遂據徑改。揣摩詩意,先生此時已離開平望,前往
南潯中學任教矣。

七古
春日偕子强恭毅聚飡竹岡橋

好春許我作高會,揮手天際雲往還。
公然骟隙恣延賞,吹花載酒氣如山。
盪摩胸腹盟靈境,提攜白日味清閒。
悠然相對各自適,坐看倒影明湖山。

【箋疏】

此詩亦録自《文藝捃華》第二卷第四册,列前詩(《得
椿楠書卻寄》)之後,署名"前人"②。然時間應在前詩之
前。"子强"、"恭毅",其人無考,疑爲先生大同大學同
學。"竹岡橋"原在上海竹港,分内外,内竹岡橋建於明
代,外竹岡橋建於清乾隆間,二十世紀五十年代初皆被
拆除。此詩"明湖山"之"山"與"氣如山"之"山"重韻,
蓋仿杜少陵之《飲中八仙歌》乎?按:詩歌重韻,並不始
於《飲中八仙歌》,而始於《栢梁詩》也。然《栢梁詩》係

---

① 民國徐珂編撰:《清稗類鈔》第十二册,北京:中華書局,一九八四年
十二月,第五五八七頁。
② 先生:《春日偕子强恭毅聚飡竹岡橋》,《文藝捃華》第二卷第四册,
一九三五年十二月,第四四至四五頁。

漢武帝與群臣二千石"聯句",一人一句,重韻以爭勝,可以不計。《飲中八仙歌》僅二十二句,卻押二船字、二眠字、二天字、三前字,蓋有意爲之者也。論者以爲,此歌分八章,分贈八人(仙),故雖重韻,卻不爲病。如然,則先生此詩,或亦可分前後二章矣。

七律

重九

悠然把酒對青蒼,見説樓頭百尺强。

猶有瘖蟬埋蠹葉,欲收殘夢玩微陽。

寒雲漸與暮天暱,好影頻移雁字長。

採菊佩萸娱重九,人間歲月自堂堂。

【箋疏】

此詩亦録自《文藝捃華》第二卷第四册,列前詩(《重九》)之後,署名"前人"①。

按:凍國棟《編年》一九三五年八月至一九三七年八月條:"浙江南潯中學任教,講授國文、歷史、政治制度等課程。"②意謂先生赴南潯中學任教,在是年八月後也。

① 先生:《重九》,《文藝捃華》第二卷第四册,一九三五年十二月,第四五頁。

② 凍國棟:《唐長孺先生生平及學術編年》,《魏晉南北朝隋唐史資料》第二十七輯(唐長孺先生百年誕辰紀念專輯),武漢大學人文社會科學學報編輯部,二〇一一年十二月,第五六一頁。

徐遲者,南潯人也,嘗撰《我的文學生涯》,記早年見聞甚
悉,其第二部第三章記彼民國十五年(一九二六)進南潯
中學讀三年級,云:"潯中是個非常可愛的學校。它生氣
勃勃,師資極好。除國文教師沈和笙年齡稍大,其餘都
是二十多歲的青年大學畢業生。"第三部第八章記彼是
年秋到南潯中學教初一國文、英語、音樂,云:"歷史教師
唐長孺,以後將是著名歷史學家、武漢大學名教授。南
潯中學是辦得很有生氣的。"①則徐遲係與先生同時應聘
至潯中任教者。李文瀾《難忘珞珈憶恩師》記先生晚年
與青年史學工作者聚會,介紹個人經歷,嘗言:"我念大
學時,讀的是文科(原注:那時還未分什麼歷史系),學的
課程有羅馬法、商法、市政管理、比較刑法、西洋現代史,
沒有念中國史。大學畢業後,父親要我去教書,我才買
了許多參考書,讀起中國史來,我不會民族文字,所以選
教秦漢至唐這一段。"②則先生最早研習漢唐歷史,實在
任教南潯中學時也。

---

① 徐遲:《我的文學生涯》,天津:百花文藝出版社,二〇〇六年十月,
第三七、一一六頁。

② 李文瀾:《難忘珞珈憶恩師》,原載《魏晉南北朝隋唐史資料》第二十
一輯(唐長孺教授逝世十周年紀念專輯),武漢大學文科學報編輯
部,二〇〇四年十二月,第六五頁,收入《文瀾存稿》,武漢:湖北人
民出版社,二〇一三年三月,第三四四至三四五頁。

民國二十六年(一九三七)　先生二十七歲

是年,先生先在南潯中學。此前,先生即已熱衷翻譯。去年五月,翻譯美國小説家賽珍珠之名著《大地》,已由上海啟明書局出版;今年六月,翻譯美國劇作家奧尼爾之名著《月明之夜》,亦由上海啟明書局出版。七月七日,盧溝橋事變,中日戰争隨即全面爆發。八月十三日,中日開始淞滬會戰。南潯中學旋解散。是後,嘗引導金松岑、徐子爲游南潯龐氏宜園,松岑有《一枝花》紀游,兼懷家國之憂,推測先生應有和作,惜已不存。冬,國軍敗績,日寇長驅直入,蘇州淪陷,先生亦舉家至莫干山避難矣。

【箋疏】

金松岑《紅鶴詞》丁丑歲(一九三七)有《一枝花》,序曰:"避地震澤,與子爲、長孺游南潯龐氏宜園,十年重到,風味殊矣。"詞云:"霜角吹寒急。水竹名園自碧。扣門雙鶴舞,舊相識。翠羽疑人暗啄、纖鱗食。風戰衰荷葉。水氣蕭瘳,蘚文綠到遊屐。　　烽火連江驛。韻事半、偷閒日。楓翻鴉陣過、暮容色。一笛伊涼那,更度鄰牆入。旅程歸未得。且裝箇、魚蠻醉吟,銅斗能拍。"[1]序

---

[1] 金松岑:《一枝花》,《紅鶴詞》,金天羽著、周録祥校點:《天放樓詩文集》中册,上海:上海古籍出版社,二〇〇七年十一月,第五一一頁。

中之"子爲",即徐子爲(一九〇六至一九五八)也。子爲字炳恒,別號恒廬,吳江震澤鎮(距先生之平望鎮僅二十里)人,亦先生之鄉黨也。家世經商。少受塾師王鶴清啟蒙,後隨金松岑、章太炎學習古文,故於詩文、書法皆擅長,於先生亦有舊焉。"南潯龐氏宜園"者,清南潯巨商龐雲鏺之子元濟所建之私家園林也。

　　按:凍國棟《編年》一九四一年條:"翻譯美國作家賽珍珠小說《大地》系列《兒子們》續編《分家》,由啟明書店(書局)出版。"又一九三七年八月至一九三九年八月謂先生避難上海期間,"因生活所困,經友人介紹,入上海啟明書店(書局),從事翻譯工作",翻譯之《月明之夜》,"由啟明書店(書局)於一九三九年出版"①。按:此二條所記多不確。《大地》民國二十八年(一九三九)一月三版本(圖九)版權頁記"中華民國二十五年(一九三六)五月初版"。《月明之夜》民國二十八年(一九三九)四月再版本(圖一〇)版權頁記"中華民國二十六年(一九三七)六月初版"(參本書附錄一)。則知先生任教南潯中學時即已熱衷翻譯矣。
　　先生初事翻譯,原不欲署己真名。此亦時尚使然

① 凍國棟:《唐長孺先生生平及學術編年》,《魏晉南北朝隋唐史資料》第二十七輯(唐長孺先生百年誕辰紀念專輯),武漢大學人文社會科學學報編輯部,二〇一一年十二月,第五六一頁。

也。故《大地》封面署"由稚吾譯"，版權頁署"譯述者由
稚吾"。至《月明之夜》出現偏誤，封面署"唐長孺譯
述"，版權頁署"譯述者潢虎"。是後出版之譯著，亦即下
文行將提及之《佛蘭克林自傳》、《新中國》、《東風西
風》、《威克斐牧師傳》等，遂皆署"唐長孺"真名。惟最
後一部譯著《金銀島》，又署"何孟雷"筆名。先生從事翻
譯，以筆名始，復以筆名終，亦一趣事也。然有趣者並不
止此。柳義南《憶唐長孺教授》云："他也曾翻譯過書，如
美總統《富蘭克林傳》等。在譯書上，他曾開過一次玩
笑。當時他在上海'聖瑪利亞'女校執教，用有閒時間譯
了一本書名《愛國者》的小說，不用己名，用他妹妹唐齊
（露葵）的名字去投稿。書出版後，出版社通知他妹妹去
領稿費，弄得大家都愕然。後才知其事，唐齊只好拿了
圖章去領，外界不知，都認爲此書是唐齊所譯。"①所記翻
譯時間、譯著名稱、唐齊署名均不確，蓋年代久遠，記憶
失真也。余嘗就此向唐剛卯探詢，剛卯乙未（二〇一五）
十月九日來函云："《月明之夜》的封面注明由我父親所
譯，但在版權頁上又稱'潢虎'譯，可能是我父親的筆名。
他在翻譯賽珍珠的《大地》時所用的是我一位姑母的名
字，據說寄稿酬時，收款人是我的姑母，曾爲笑談。"正誤
亦參半焉。實際應係《大地》署名爲"由稚吾"，領取稿酬

---

① 柳義南：《憶唐長孺教授》，《拾遺集》，蘇州市吳江市文聯，二〇〇九
年五月，第二一四頁。

者爲唐齊,蓋"吾"即指其妹,"由幼稚之吾"譯述,由幼稚之妹領取稿酬,亦甚匹配也。

凍國棟《編年》繫南潯中學解散,先生全家至莫干山避難,於是年八月後①。唐露葵《憶先父唐耕餘》云:"日寇節節入侵,從金山灣登陸,父親本擬帶全家從湖州山區到皖南避難,但已不及,乃避至莫干山上。當時隨父親避難親戚有數十人之多。大家商議後,決定下山經杭州至上海,一路上倍受艱難。父親一家是最後下山……到上海〔的〕。"②則先生舉家再遷海上避難,應係翌年(一九三八)之事也。

民國二十八年(一九三九) 先生二十九歲

是年,先生在上海。遇金松岑,喜極,以五古一首爲贈。先生時爲聖瑪利亞女子中學教員,而松岑時任光華大學國文教授,先生遂常至光華大學聽課,其間聽呂思勉課尤多,受《白話本國史》影響,始研遼金元史。其間,四月、九月,先生翻譯美國政治家、科學家佛蘭克林之名

---

① 凍國棟:《唐長孺先生生平及學術編年》,《魏晉南北朝隋唐史資料》第二十七輯(唐長孺先生百年誕辰紀念專輯),武漢大學人文社會科學學報編輯部,二〇一一年十二月,第五六一頁。
② 唐露葵:《憶先父唐耕餘》,《吳江文史資料》第十六輯,一九九八年三月,第四九至五三頁。

著《佛蘭克林自傳》、美國傳教士葛蕾勃爾之名著《新中國》，相繼由上海啟明書局出版。

五古

贈松岑公

別公苕雪間，風雨初晦冥。
方懷陸沉憂，況與離愁拼。
中筵撫頭顱，有涕如縻綆。
師旅破旂槍，江湖漂蓬梗。
餘生擲孤注，轉徙棲山嶺。
謁公窮海隅，端如清夢迥。
往事不可言，欲發意猶澋。
方今計安危，中興兆休徵。
窘步支折椽，捧手顧完瓴。
蠶叢半壁天，想見南風競。
端欲持寸筳，坐撻蛟螭橫。
機運窺貞元，漢德自靈永。
熒熒魑魅光，乘此陵蝕影。
日月當中天，疾走驚雷霆。
收京還有期，幸覩國威騁。
我公鸞鶴姿，道論信淵静。
汲古綜經緯，剖毫洞利病。
平生用世心，藉手無寸柄，

甘以澄清志,洒掃一室整。

把筆通九天,濾酒開三徑。

坐臥遼東樓,行吟峴南井。

祝公黄髮期,高齋聽煮茗。

賤子百無成,猶憑公言信。

心收汗馬功,力殫毛髮勁。

艱難一篇詩,投公一笑正。

【箋疏】

　　此詩録自先生手書(圖一一)。原本無題,題爲本書
所擬。"方懷陸沉憂,況與離愁拼"二句,原補寫於"中筵
撫頭顱,有涕如縻綆"二句右,兹據詩意插入。後有先生
晚年手書:"一九三九年在上海遇見金松岑,寫這首詩給
他。"全詩係寫於"萬葉書店監製"豎格稿紙。"萬葉書
店"爲錢君匋等於民國二十七年(一九三八)七月在上海
租界創辦之中國第一家音樂出版社①,亦係"孤島"時期
上海抗日文藝出版陣地之一,時間正相吻合。金松岑何
時來滬,凡有二説。《金松岑先生年譜簡編》去歲(一九
三八)條云:"夏,先生避亂居滬,應故人蔣維喬、張壽鏞

---

① 黄大崗:《我國第一個音樂出版社——錢君匋和萬葉書店》(上、
　　下),《中央音樂學院學報》二〇〇七年第二、三期,第四三至四八轉
　　五五、四一至四六轉五五頁。

聘,任光華大學中文系教授。"①此第一説也。據載出自
松岑《行狀》、《墓表》,自宜可信。夏承燾《天風閣學詞
日記》今年(一九三九)一月廿九日云:"聞金松岑翁已來
滬,下期任教光華大學。"②此第二説也。夏承燾原任杭
州之江大學國文教授,杭州淪陷,隨校遷滬,同在學界,
聲問相通,自應亦有根據也。據此,金松岑來滬,至遲應
在今年一月下浣,先生與之相遇,則更在此後矣。此詩
首句"別公苕霅間","苕霅"爲苕溪、霅溪二水合稱,在今
浙江湖州境内。即先生與金松岑前年南潯龐氏宜園一
別,各遭亂離,此爲首次邂逅也。時國事日非,人事日
蹙,故愀然憂戚,甚有感焉。

　　按:先生丙寅(一九八六)二月二十二日致吕思勉女
公子翼仁函云:"我初知讀書,實受《白話本國史》的啟
發,特別是遼金元史部分。"③《白話本國史》全名《自修
適用白話本國史》,凡四册,係吕思勉所著首部中國通
史。民國十二年(一九二三)九月,上海商務印書館初
版,是後屢經修訂再版,影響甚大。李文瀾《難忘珞珈憶

① 金天羽著、周録祥校點:《天放樓詩文集》附録五,上海古籍出版社,
二〇〇七年十一月,第一五〇二頁。
② 夏承燾:《天風閣學詞日記》,《夏承燾集》第六册,杭州:浙江古籍出
版社、浙江教育出版社,一九九七年一月,第七五頁。
③ 李永圻:《吕思勉先生編年事輯》,上海書店,一九九二年十月,第三
五七頁。

恩師》記先生晚年與青年史學工作者聚會,介紹個人經歷,嘗言:"我雖然沒有正經地念中國史課,然而有兩位老先生對我影響很深。第一位是吕思勉先生(原注:我在光華中學念書時就聽過他的講課)。他講宋遼金元史,引了許多書是我聞所未聞的。出於仰慕老先生的名望,我還是聽得很有興趣。"①先生聽吕思勉講宋遼金元史,當在上海光華大學,並從今年始也。

凍國棟《編年》一九三七年八月至一九三九年八月條:"先後譯出《富蘭克林自傳》、《威克斐牧師傳》、《金銀島》、《月明之夜》等著作,並由啟明書店(書局)於一九三九年出版。"又一九三九年八月至一九四〇年云:"翻譯美國傳教士格雷比爾著《新中國》一書,一九三九年由上海啟明書店(書局)出版(至一九四六年七月,前後再版三次)。"②按:此二條所記多不確。先生所譯之《月明之夜》係民國二十六年(一九三七)六月由上海啟明書局初版已見前述。《佛蘭克林自傳》初版本(圖一二)版權頁記"中華民國二十八年(一九三九)四月初

---

① 李文瀾:《難忘珞珈憶恩師》,原載《魏晉南北朝隋唐史資料》第二十一輯(唐長孺教授逝世十周年紀念專輯),武漢大學文科學報編輯部,二〇〇四年十二月,第六五頁,收入《文瀾存稿》,武漢:湖北人民出版社,二〇一三年三月,第三四四至三四五頁。

② 凍國棟:《唐長孺先生生平及學術編年》,《魏晉南北朝隋唐史資料》第二十七輯(唐長孺先生百年誕辰紀念專輯),武漢大學人文社會科學學報編輯部,二〇一一年十二月,第五六一頁。

版"(參本書附錄二)。《新中國》民國二十九年(一九
四〇)八月再版本(圖一三)版權頁記"中華民國二十八
年(一九三九)九月初版"(參本書附錄三)。此二著,始
爲先生避難海上,爲營生計,重拾譯筆,所從事之工
作也。

民國二十九年(一九四〇) 先生三十歲

是年,先生在上海。春夏間,金松岑病,薦先生至光
華大學代其授課。五月,與夏承燾初識,是後常有聯繫。
八月,翻譯美國小説家賽珍珠之名著《東風西風》,由上
海啟明書局出版。秋,因吕思勉之薦,以聖瑪利亞女子
中學教員兼任光華大學講師。撰《霜華腴》、《鄉思》、
《有感》、《題小山詞》、《題予八歲時所觚象》、《琵琶仙》、
《寒夜有感》詩詞七首。

霜華腴
詠英法化離也

洞房佩冷,擘燕釵,東西溝水誰憐。樓韻笙簫,鏡春
眉黛,深盟曾記纏綿。舊懽惘然。負靈媒、悵望年
年。待機絲夜織,千重錦箋,邀勒玉人看。　　簾
角去鴻三兩,任闌干凭熱,夢驚遼邊。盦曲山愁,尊
前電笑,陰晴未必無端。試窺怨蟾。恐恁時、妝靨

難圓。擁孤衾,盼到黃昏,秋風臨夜寒。

【箋疏】

　　此詞錄自先生是年十一月十一日日記。詞牌"霜華
腴"後原有六字副題,但被塗抹,經辨識,爲"詠英法仳離
也"(圖一四)。先生壬申(一九九二)六月二十八日致
汪榮祖函有云:"今再呈上舊作《霜花腴》一闋詣正。此
首似爲情催決絕,歡怨之詞,其實乃詠二次戰時,法國貝
當降德,邱吉爾試圖挽回,未得如願,遂有仳離之事,英
法聯盟解體之事,所謂'機絲夜織,千重錦箋,邀勒玉人
看',及'樓閣去鴻三兩,任欄杆憑熱,不到伊邊',皆述邱
吉爾數次致電,欲維持聯合陣綫,而法置之不理,所謂
'遍田山愁,尊前電笑,陰晴未必無端',則言英法間果有
矛盾。此亦一時感歡,弄筆而已。"[1]其中,"樓閣",日記
作"簾角";"不到伊邊",日記作"夢驚遼邊";"遍田",日
記作"盦曲"。按:先生晚年目力衰退,手書粗具點畫,極
難辨識,"樓閣"不及"簾角"貼切,"不到伊邊"與"遍田"
悉不辭,推測皆爲汪榮祖誤釋,宜以先生日記記載爲準。
《霜花腴》原爲吳夢窗自度曲,以"纏綿深至、可泣可歌"
(《宋名家詞評》)著稱,極少有人能倚其聲。先生特選此
曲,蓋欲藉情人怨絕,弦外發音,與其時是否仍學夢窗詞
固無涉也。

---

[1]　汪榮祖:《義寧而後稱祭酒——悼念史學家唐長孺先生》,臺北《歷
史月刊》一九九五年三月號,第八八頁。

五律

鄉思

西風淒厲，忽憶故園，五柳門前，都付樵採，緣情興感，不限年時，悽然成章。

卻憶門前柳，柔條綠幾回。
春韶一回首，晴嗿數銜杯。
喪亂清愁遠，相思故國灰。
年時謌哭在，悽絕長蒿萊。

【箋疏】

此詩録自先生是年十一月十二日日記。原本無題，題爲本書所擬。其“春韶一回首”句，看似平仄失律，實爲“拗句”也。此類“拗句”，規定第三字按格律應平而用仄，則第四字應仄而改用平。故又稱“拗救”。其格始於盛唐，李、杜開創之也。然先生此格，乃本於唐戴叔倫者。戴氏有《寄贈翠岩奉上人》詩：“蘭若倚西岡，年深松桂長。似聞葛洪井，還近贊公房。掛衲雲林净，翻經石榻涼。下方一回首，煙露日蒼蒼。”①其“下方一回首”句，與先生之“春韶一回首”，不僅同格，亦且同字。不同者，戴詩另有“似聞葛洪井”句，亦“拗句”也。一詩二“拗

① 清康熙：《御定全唐詩》卷二七三，《景印文淵閣四庫全書》第一四二五册，臺灣商務印書館，一九八二至一九八六年，第五七九頁。

句”，先生所無。戴氏雖年長於（孟）郊、（賈）島，然仍屬同時代人。其詩關注現實，襟懷醞藉，意境悠遠，絕無“幽澀”、“寒瘦”之病。尤其《除夜宿石頭驛》詩：“旅館誰相問，寒燈獨可親。一年將盡夜，萬里未歸人。寥落悲前事，支離笑此身。愁顏與衰鬢，明日又逢春。”①明胡震亨《唐音癸籤》譽爲“客中改歲之絕唱”②，有以也。先生此詩，亦寫歲末逆旅思鄉心境，有與之仿佛者。然不獨此也。先生近年之詩，風格大變，其嘗受戴叔倫之影響乎？

七絕

有感

中原北望，魂魄南依。秋氣一庭，微陽在水。長孺年始三十，邅是亂離，感商徵而生愁，念我生之靡樂。昔少陵羈蜀，猶聞杜鵑。長孺已矣，荆棘以爲天地，涕淚以度歲月，國事人事，其何以自聊耶？

六十半徂章句師，欲懷初及割年時。

南雲依約蠶叢道，斷夢殘吟計已癡。

【箋疏】

此詩録自先生是年十一月十四日日記。原本無題，

---

① 清康熙：《御定全唐詩》卷二七三，《景印文淵閣四庫全書》第一四二五册，臺灣商務印書館，一九八二至一九八六年，第五七六頁。

② 明胡震亨：《唐音癸籤》卷一一，《景印文淵閣四庫全書》第一四八二册，臺灣商務印書館，一九八二至一九八六年，第五八四頁。

題爲本書所擬。"蠶叢道"者，蜀道也，亦民國政府之所在也。先生臨近歲末，而賦此詩，"南依"、"南雲"云云，心境自與"遺民淚盡胡塵裏，南望王師又一年"（宋陸游《秋夜將曉出籬門迎涼有感》之二）差同也。

七律

題小山詞

晏郎秀句妙無端，二主風流夢往還。

倘逐刀圭誤後學，應如妙手解連環。

落花微雨疏簾隔，綵袖朱顏良夜闌。

要識美人香艸意，嘔心千載解人難。

【箋疏】

此詩録自先生是年十一月二十九日日記。晏幾道，字叔原，號小山，同叔之幼子也。宋婉約派著名詞人。其詞與南唐二主異代接武，風流綺麗，深婉濃摯，堪稱才力匹敵。"落花人獨立，微雨燕雙飛"（《臨江仙》）①、"彩袖殷勤捧玉鍾，當年拚卻醉顏紅"（《鷓鴣天》）諸句，尤

---

① 按：此二句原出晚唐五代間翁宏《春殘》："又是春殘也，如何出翠幃。落花人獨立，微雨燕雙飛。寓目魂將斷，經年夢亦非。那堪向愁夕，蕭颯暮蟬輝。"見清康熙：《御定全唐詩》卷七六二，《景印文淵閣四庫全書》第一四三○册，臺灣商務印書館，一九八二至一九八六年，第四九二頁。小山藉用，渾然天成，不留痕跡，且意境遠勝前詩，故後人皆以此二句爲小山原創也。

受後世推崇①。有《小山詞》傳世。

七古

題予八歲時所艁象

人生三十不稱意，知是伏轅駒犢耳。

轉丸日月屋東西，剩有心期盟白水。

我生之初尚無爲，即此光景堪留連。

展圖凝視三歎息，漫憶兒時爲愁絕。

此是二十年前容，猶在慈闈提抱中。

【箋疏】

此詩録自先生是年十二月四日日記。第五、六兩句
"我生之初尚無爲，即此光景堪留連"，初看似未押韻。然
其前原有二句，爲濃墨塗抹，經反覆辨識，文曰"斜陽湖水
□□□，□□□□□共眠"，知第六句之"連"與塗抹之
"眠"押韻也。此詩疑爲待定稿，故前後暫未相顧。又，"艁
象"即照像。觀兒時照像，留連兒時光景，亦思鄉之作也。

琵琶仙

觀劇賦

餞夢疏華，盼不到、採菊簪萸時節。何況烽火無端，

---

① 宋晏幾道：《小山詞》，《景印文淵閣四庫全書》第一四八七册，臺灣
商務印書館，一九八二至一九八六年，第二二一、二二三頁。

冥冥斷鴻別。悽冷獸、環深鎖處，料閒晝、鏡奩眉
月。樓燕驚塵，崇桃眩户，生死難訣。　便收拾、
欹竹牽蘿，忍抛斷、斜陽故枝葉。蹄蹤河橋踏遍，鎮
寒蛩幽咽。把揾裛、千行客淚，換綠窗、小雨彈撥。
記否鈿約釵盟，露臺低説。

【箋疏】

　　此詞録自先生是年十二月五日日記。《琵琶仙》原
爲姜白石自度曲，副題曰《吳興》，序曰："《吳都賦》云
'户藏烟浦，家具畫船'，惟吳興爲然，春遊之盛，西湖未
能過也。"①"吳興"爲先生母舅里貫，先生兒時常在其地
寓止，特選此曲，其亦含故園之思乎？

七律

寒夜有感

　　佐貧扶夢竟誰賢，差喜群書爲我妍。
　　拄頰茶煙寧養豹，虛窗霜霰欲侵年。
　　倘回春氣遲鐙下，但有清吟落酒邊。
　　箛鼓八荒煩舉目，南雲惆悵念嬋娟。

【箋疏】

　　此詩録自先生是年十二月二十九日日記。從末二

---

① 宋姜夔：《白石道人歌曲》卷三，《景印文淵閣四庫全書》第一四八八
册，臺灣商務印書館，一九八二至一九八六年，第二八九頁。

句"筮鼓八荒煩舉目,南雲惆悵念嬋娟"觀之,落腳仍係
憂忡中日戰事,心繫重慶民國政府也。

　　按:是年,先生始與夏承燾相識,並常有聯繫。夏氏
《日記》今年五月一日記:"接松岑先生片,約本月十二日
下午四時,同往張詠霓處看《宋史記》。詠霓近新自常熟
王慧言處購得此書也。"五月十二日記:"四時,過愛文義
路覺林張詠霓先生家觀《宋史記》,松岑翁及吳江唐長孺
已先在。詠老以七百元購此書於王慧言處,共八十册,
鈔本匡格寫敬承堂藏書,不知何人。前有王阮亭跋,謂
此本出王維儉①、或湯若士,尚不可知。長孺謂《鮚埼亭
集》中亦有一尺牘論此。檢目録但有本紀、列傳而無志
(原注:似志本有而佚去),但有儒林傳而無道學。長孺
謂若士本濮王另有傳,不入諸王傳(原注:似亦謝山語)。
今本諸王傳中無濮王,凡此皆須詳考。惟匆匆閱周邦彥
傳,與《宋史》無出入,朱敦儒傳似多異同,亦未細核。文
苑傳中詞人僅周、朱、賀方回三人而已。詠老又出《明史
稿》過録鈔本示客,謂確是萬季野筆。又有翁同龢過録
某氏評韓昌黎詩集,朱、黃、藍三色眉批,圈點爛然。詠

---

① 　按:王維儉之《宋史記》,國家圖書館藏有一部。參:吳豐培:《舊鈔
　　本明王惟儉〈宋史記〉二百五十卷》,《文獻》一九八二年第二期,第
　　二六一至二六三頁;楊緒敏:《王惟儉與〈宋史記〉考述》,《史學月
　　刊》二〇一四年第二期,第一二五至一二八頁。

老自謂廿六歲後即好收書,閱其書目一過,明板書甚多。吃麵甚美。六時歸。"①按夏氏《日記》通例,初次見面之人,多記籍貫。是日記與先生見面,姓名前冠"吳江"二字,則知此次應係夏與先生初識也。夏氏《日記》今年六月九日條又記:"午赴大三星酒館宴,賀松岑先生六十八壽,到屈伯剛、王欣夫、巨川、唐長孺諸君廿餘人。"又十一月二十二日條記:"午後,唐長孺來久談,謂欲爲《遼史詳校》。謂在光華講專史研究,有學生問岳飛爲何代人者。"②則知初識之後,二人常有聯繫也。夏氏《日記》今年十月卅一日記:"予素不好爲拗調,尤厭夢窗澀體。"③先生近年詞風稍變,恐與夏氏相交有關也。故不嫌冗脞,詳記二人結識經過,以爲佐證云爾。

　　凍國棟《編年》一九三九年八月至一九四〇年條:"翻譯美國作家賽珍珠作品《東風西風》,一九四〇年由上海啟明書店(書局)出版。"④按:《東風西風》初版本版權頁記"中華民國二十九年(一九四〇)八月初版"。

① 夏承燾:《天風閣學詞日記》,《夏承燾集》第六冊,杭州:浙江古籍出版社、浙江教育出版社,一九九七年一月,第一九六、二〇〇頁。

② 夏承燾:《天風閣學詞日記》,《夏承燾集》第六冊,杭州:浙江古籍出版社、浙江教育出版社,一九九七年一月,第二四四頁。

③ 夏承燾:《天風閣學詞日記》,《夏承燾集》第六冊,杭州:浙江古籍出版社、浙江教育出版社,一九九七年一月,第二〇七、三四九頁。

④ 凍國棟:《唐長孺先生生平及學術編年》,《魏晉南北朝隋唐史資料》第二十七輯(唐長孺先生百年誕辰紀念專輯),武漢大學人文社會科學學報編輯部,二〇一一年十二月,第五六一頁。

民國三十年（一九四一）　先生三十一歲

　　是年，先生在上海。五月，翻譯愛爾蘭作家高爾斯蜜斯之名著《威克斐牧師傳》，由上海啟明書局出版。冬，金松岑由上海光華大學解職返蘇①。先生則仍以聖瑪利亞女子中學教員兼任光華大學講師。與夏承燾過從仍密。翻譯英國小說家史蒂文孫之名著《金銀島》，亦由上海啟明書局出版。撰《窗外所見如此》、《除夕感賦》、《瑞鶴仙》、《玲瓏四犯》、《三十生辰歌》、《"九一八"感懷》、《晨自兆豐公園入校》詩詞七首。

五古

窗外所見如此

室中爐火温，窗外凍禽語：
天地本恢疏，人生奚自苦？
開窗延啼鳥，瞻顧惜毛羽。
望望逕高飛，忍寒寧就汝。

---

① 金松岑有《解光華大學職返蘇》詩，見金氏：《天放樓詩集》卷二〇辛巳歲（一九四一）條，金天羽著、周録祥校點：《天放樓詩文集》上册，上海古籍出版社，二〇〇七年十一月，第四六四頁。

【箋疏】

此詩録自先生是年一月十六日日記。從次句"窗外凍禽語"觀之，係采禽鳥擬人之格。其時先生苦悶，嘗試以新法寫詩，銷磨胸中塊壘也。

七律

除夕感賦

石轉江迴殉歲年，叢殘日月更纏綿。

欣看脩竹凝霜好，坐致肥瓠食淡賢。

挂壁龍虵弧矢影，侵寒痼寐爥華妍。

下簾漠漠耿長夜，合眼風塵逼枕邊。

【箋疏】

此詩録自先生是年一月二十六日日記。是日爲農曆庚辰歲十二月廿九日，即除日也。從末句"合眼風塵逼枕邊"觀之，先生日日憂慮者，仍爲中日戰事也。

瑞鶴仙

海角尋春，倏已三載，覿兹景色，彌念家山。而況昊天不寧，四效多壘，悠悠江水，我其濟乎？悽然成章。

輕寒邀夢遠，濕年光疏雨，流青簾捲。飛飛舊時燕，繞亞枝闌曲，兔絲牆畔。圓波盼斷，剩銷魂、斜陽一綫。爭知野水荒邨，縹緲家山春晚。　　蓬轉。緇塵海市，白帽遼邊，幾番心眼。雲屏翠扇，遮不定，絮花亂。便匡虛鏡恨，絃危彈淚，付與東風片片。
只陰晴未準，圓蟾夜來怕見。

【箋疏】

　　此詞録自先生是年四月一日日記。序中"四效"之
"效"，當爲"郊"之筆誤。"四郊多壘"出《禮記·曲禮
上》，原指外敵侵逼，國家多難，此指日寇侵我中華，戰事
漫延也。先生此詞僅有一〇一字。《瑞鶴仙》雖有九十
字、一〇〇字、一〇一字、一〇二字、一〇三字等多體，然
其一〇一字體句式與先生此詞不同。據詞律及詞意，先
生此詞當爲一〇二字體，疑"爭知"前脱一"又"字，此句
應斷作"又爭知、野水荒邨，縹緲家山春晚"。

玲瓏四犯

櫻花詞

　　兆豐公園櫻花爛漫，蔚若雲錦，此東瀛種也，胡爲乎來
哉？夫人情安土，物限區隅，嘉兹異種，寧樂移根？昔桓宣武
悽愴夫漢南，殷仲文徘徊於枯樹，予之所遭，抑有過焉？而況
天津橋上聞子規之啼，天水宮中覩胡來之髻，此又天時人事之
莫可如何者矣。悽然成章，即東癯禪詞人。

　　暗雨江南，怪煥夢紅邊，殘春猶戀。似綺園林，佔盡
寵枝驕片。試凭往日闌干，任較取、舊痕深淺。便
倩魂、夢裏歸來，怎奈山遥水遠。　　零絃彈出高
樓怨。早花前，玉尊拋斷。輕雲離合無憑證，凝望

鶯軿遠。惆悵鬥曉媚波,向鏡裏、脂胭偷染。剩幾回、飄絮池塘,消受啼妝人面。

【箋疏】

此詞録自先生是年六月十六日日記。序言"櫻花"爲"東瀛種",而"人情安土,物限區隅",不禁生發"胡爲乎來哉"之嘆。聯繫自己亦寄人籬下,有鄉難返,則更爲"悽然",所謂"予之所遭,抑有過焉"者也。故知此詞,係采園花擬人之格。詞中"輕雲離合無憑證,凝望鶯軿遠。惆悵鬥曉媚波,向鏡裏、脂胭偷染"數句,原作"塵嫿淚枕迢迢路,應惹離腸亂。不恨戍客滯歸,恨澈夜、東風狂卷",後塗抹改今本。

先生此詞,據序末"東癱禪詞人"(即寄夏承燾閱)語,知爲午社社課也。夏承燾《日記》今年六月二十三日記:"夕作《玲瓏四犯》詞,午社社課也。"又六月二十四日記:"改《玲瓏四犯》未成。"六月二十五日條記:"《玲瓏四犯》初稿具。"並附録初稿①。《玲瓏四犯》有九十九字、一〇一字二體,周清真、姜白石、吳夢窗所作皆爲九

① 夏承燾:《天風閣學詞日記》,《夏承燾集》第六册,杭州:浙江古籍出版社、浙江教育出版社,一九九七年一月,第三一三頁。按:夏氏此詞,後經改訂,定名爲《玲瓏四犯·過舊友寓廬感事》,收入詞集。見夏氏:《天風閣詞集前編》,《夏承燾集》第四册,杭州:浙江古籍出版社、浙江教育出版社,一九九七年一月,第一六三頁。夏氏繫於一九四二年,乃改定時間,非原創時間也。

十九字體,先生與夏氏之詞,皆爲一〇一字體,乃從高觀國之"水外輕陰"者,亦午社拈題選調之規定也。午社爲上海詞社之名。民國自由開放,詞社林立,午社儼爲其中翹楚焉。其時詞社雅集,拈題選調,倚聲填詞,爲最重要之社課。午社自成立至解散,凡有二十六次雅集,第二十二次雅集在今年六月十四日夜,社課即爲《玲瓏四犯》①。先生六月十六日完成《玲瓏四犯》詞作,足證先生在上海,嘗一度參加午社之活動也。

先生日記前云:"作櫻花詞一首。予久思作此,今日興到,遂成此闋。平生傾倒石帚,而所作乃更不類。沖夷之度,豈謝前賢,而造句之工,乃同鼠坻,思之彌愧。今日自胡適張幟,掎摘姜、張,高論五代,立無根之説,以誤後學,至謂南宋諸賢,半皆詞匠②,不知學問者,固不可與談乎? 然自古老始立宗風,歸重夢窗,音律之嚴,設色之重,陵夷至今,至於句讀難分,旨趣莫辨,堆砌之風,亦

---

① 焦豔:《午社研究》,上海:華東師範大學碩士論文,二〇一三年五月,第十四至十六頁。另參朱惠國:《午社"四聲之爭"與民國詞體觀的再認識》,《中山大學學報》二〇一四第二期,第八至十七頁;袁志成:《午社與民國後期文人心態》,《湖南人文科技學院學報》二〇一五年第三期,第八三至八九頁。

② 胡適將晚唐至元初詞分爲歌者之詞、詩人之詞、詞匠之詞,謂"白石以後,直到宋末元初,是詞匠的詞"。見胡適:《詞選》,上海:商務印書館,一九二七年七月,第五頁。

一弊也。"此爲先生有關詞學之重要文字。"石帚"據前
揭行文應仍指姜夔①,如然,則爲先生兼學白石詞之明證
也。"姜、張"自應指姜夔、張炎。"古老"應指朱古微②。
知先生雖仍推重夢窗,但已知其詞有"堆砌"之弊,則先
生改弦更張,兼學白石詞,適在此時乎③?

七古

三十生辰歌

猶是伏轅車犢耳,三十曾於我何有。
功名已似參隔商,支離每欲心問口。
釜魚瓶粟殉閉關,轡執駕駘飽棧豆。

---

① 昔人均謂"石帚"爲姜夔別號,近代易順鼎、陳銳、王國維、梁啟超等
先後皆曾質疑,至夏承燾撰《姜白石行實考》,專辟《石帚辨》一節,
論證姜石帚實另有其人,乃宋末元初杭州士子,始爲定讞。參夏承
燾:《姜白石行實考·石帚辨》,《姜白石詞編年箋校》,上海:上海古
籍出版社,一九八一年五月,第二八三至二八六頁。夏氏《石帚辨》
原載《詞學季刊》第一卷第四號,上海:民智書局,一九三三年,第一
八至二〇頁。其時先生當已見之,然似未以爲定讞也。
② 朱古微(一八五七至一九三一),原名孝臧,後名祖謀,字藿生,一字
古微,又作古薇,湖州吳興人,與先生母舅同里貫,故先生以"古老"
稱之。清末四大詞家之一,有《彊村詞》傳世。嘗與王鵬運合作校
刊《夢窗詞》。
③ 柳義南謂先生係受金松岑影響,"抛棄'七寶樓臺'的夢窗詞,開始
向遼金元史進行探索"。見柳氏:《憶唐長孺教授》,《拾遺集》,蘇州
市吳江市文聯,二〇〇九年五月,第二一三頁。其言恐未確。

平生未悟食肉賢，即今猶怪捧心醜。

人生運會各有時，簸挹安能責箕斗。

政使兀者得天全，蠹策未妨人老壽。

一家骨肉不世情，浪因人熱把杯酒。

平尻得之詎非福，況值翹翹風雨後。

我曹幸際中興年，漢業神靈天所佑。

左袵披髮氣雖驕，緣木踞爐安可久。

窮島聚居待剝復，流離差喜脫僵仆。

我家鶯湖擷煙水，有桑可蠶田可耨。

四十五十料無聞，一舸逐之正非謬。

【箋疏】

此詩錄自先生是年八月八日抄贈二弟仲孺手書，末署："六月九日三十初度作此。二弟將有滇蜀之行，聊復書此，以當贈言。辛巳（一九四一）閏六月既望，長孺。"[1]"閏六月既望"，乃公曆八月八日也。先生今年七月十四日日記亦載此詩，有序曰："六月九日爲予三十生辰，大姊、次妹、菁浦姊丈、子依妹丈均來。自惟薄劣，不稱高情，嗟念平生，因成長歌。"農曆六月九日，乃公曆七

---

[1] 此抄贈本原件，現藏新加坡先生二弟仲孺後人處。余甲午（二〇一四）五月二十六日，赴先生故居收集資料，唐剛卯手機內存抄贈本圖版，余始得見之。

月三日,知爲先生後來補記也。原皆無題,題爲本書所擬。先生去歲《有感》詩序稱"長孺年始三十",詩云"六十半徂章句師",又《題予八歲時所艁象》云"人生三十不稱意",蓋從舊曆計生辰也。此詩又稱今年"六月九日三十初度"或"六月九日爲予三十生辰",蓋從公曆計生辰也。此詩抄贈本與日記本字句稍有不同。抄贈本"得之",日記本作"得此";抄贈本"聚居",日記本作"聚尻";抄贈本"有桑可蠶田可耤",日記本作"好景詎長淪敵手";抄贈本"料無聞",日記本作"倘無聞"。"聚尻"與前"平尻"重"尻"字,宜以"聚居"爲是。"好景詎長淪敵手",亦不如"有桑可蠶田可耤"銜接自然。抄贈本時間較日記本爲晚,字句亦較日記本爲優,應爲先生稍後之改定本也。

七律

"九一八"感懷

"九一八"至是十載矣。上天夢夢,九閽虎卧,生聚教訓之謂何,而殘民以逞,爲親者所痛,仇者所快。監謗之術,屬於防川;中飽之欲,盈於巨壑。此所謂不亡不止者也。

獨夜沉吟屈指思,遼天腥穢十年遲。
江山已惜和戎誤,日月沈埋又一時。
海市何心爭逐利,書生枯眼獨唫詩。
劫餘重灑新亭淚,辜負黃華泛酒卮。

【箋疏】

　　此詩録自先生是年九月十八日日記。原本無題,題爲本書所擬。是年"九一八",爲東北淪陷十年紀念日,國人皆難忘懷。夏承燾《日記》是日亦記:"九一八紀念日,東北被奪,忽忽十年矣。"①而中日戰事頻繁,局勢膠著,亦牽動國人之心。九月七日,中日第二次長沙會戰爆發;十二月二十四日,中日第三次長沙會戰又起。其間,十二月八日,太平洋戰争爆發,日寇隨即佔領上海租界,宣佈"孤島"時期結束。其時,上海物資緊張,奸商囤積居奇。夏承燾《日記》是年十月三十一日記:"與潘希真出購派克自來水筆一枝,價九十七元四角。予十三四年前買一枝,用至今尚好,價但五元餘耳。明日百物又大漲價矣。"②先生此詩,於感憤之餘,似已有去意矣。

五律

晨自兆豐公園入校

　　晨自兆豐公園入校,徙倚池畔,拳石盆水,乃饒山林之氣。微陽在水,艸露未晞,磵阿之間,蟲聲幽咽,高林離立,雜以紅紫,驚飈乍過,纍然隕實。潭水泠然,大不踰丈,交柯周

---

① 夏承燾:《天風閣學詞日記》,《夏承燾集》第六册,杭州:浙江古籍出版社、浙江教育出版社,一九九七年一月,第三三五頁。

② 夏承燾:《天風閣學詞日記》,《夏承燾集》第六册,杭州:浙江古籍出版社、浙江教育出版社,一九九七年一月,第三四四頁。

匝,下視一碧,過鳥墜影,游鱗出水,雖潛飛殊類,而景接情通,徘徊瞻顧,彌有所思。因以詩道之。

　　　　三歲園中路,悠悠去國吟。

　　　　秋聲觀動息,潭影接飛沉。

　　　　石氣落花露,箈吹老雁心。

　　　　披徑認蔓艸,景物副幽尋。

【箋疏】

　　此詩録自先生是年十月二十二日日記。原並無序。"晨自兆豐公園入校"題下有"小序見前"四字,蓋指本日日記開篇第一節也,因移置詩前代序。"兆豐公園"即今上海中山公園。先生民國二十七年(一九三八)再遷海上避難,迨至今年,整三年矣,故有感焉。

　　按:凍國棟《編年》一九三七年八月至一九三九年八月條:"先後譯出《富蘭克林自傳》、《威克斐牧師傳》、《金銀島》、《月明之夜》等著作,並由啟明書店(書局)於一九三九年出版。"①按:此條所記多不確。先生所譯之《月明之夜》、《佛蘭克林自傳》已見前述。《威克斐牧師傳》民國三十　年三月三版本版權頁記"中華民國三十年五月初版",據本書《小引》末記"一九四一年春編者

① 凍國棟:《唐長孺先生生平及學術編年》,《魏晉南北朝隋唐史資料》第二十七輯(唐長孺先生百年誕辰紀念專輯),武漢大學人文社會科學學報編輯部,二〇一一年十二月,第五六一頁。

謹識於上海"(參本書附録四),知爲民國三十年(一九四
一)五月初版也①。《金銀島》民國三十八年(一九四九)
三月三版本(圖一五)版權頁未記初版時間,先生翌年即
離滬赴湘,故暫繫於今年。《金銀島》封面署名"何夢雷
譯",版權頁署名"譯述者何夢雷","何夢雷"者,查無其
人,當爲先生筆名也。

　　是年,先生與夏承燾過從仍密。夏氏《日記》今年四
月十九日記:"午後,柳義南偕其婦兄吳江唐長孺來久
談。唐君能詞,治遼金元史甚博洽。教授光華大學。謂
柯氏《元史》,觝牾甚多。國人治此學,尚無適當人才。
法國伯希和勝柯氏甚遠,聞於《元史》誤處,皆能背舉。
唐君又能昆曲,謂唱上聲,由低而高,去聲由高而低,與
疚翁説同。"又四月二十六日記:"夕,柳義南夫婦招飲,
同座唐長孺及蘇州貝仲奇(琦)夫婦。貝君殷殷問予治
宋史,以曩聞之松岑也。"五月一日記:"午訪唐長孺不
值,晤其尊人。"五月二十四日記:"午後,柳子依(義南)
來迎予往其寓久談,晤其婦翁唐先生父子。"六月十日

---

① 按:余之門生米婷婷赴國家圖書館與首都圖書館檢索是書,未見初
　版、再版本,僅見此三版本,其版權頁記初版、三版時間,均作"三十
　年","三十"與"年"間皆空一格,不解何意,豈非本書編輯爲求此
　二行文字平齊,而發生之錯誤耶?

記:"唐長孺來,不值,留松岑翁一箋,約往談。"①柳義南時拜夏氏爲師,學習倚聲之道,夏氏《日記》是年二月二十四日、三月二十日皆有載,故亦與夏氏往來密切。貝仲琦,名充,蘇州人也。蘇州貝氏,爲當地望族,建築名師貝聿銘即出該族。仲琦爲章太炎門生,好學善問,著有《博望樓文集》(鈔本),中有《論樓蘭在羅布泊之南》論文,惜英年早逝,其名不彰。

民國三十一年(一九四二) 先生三十二歲

是年,先生先在上海。年初,因日寇佔領"孤島",光華大學解散,聖瑪利亞女子中學又需在汪僞之上海教育局重新注册,先生去意遂決。因吕思勉之介,應國立師範學院之聘,四月初首途,閒關入湘,五月中,至益陽專署所屬之安化縣藍田鎮,就任該學院史地系副教授。此行備歷艱險,先生暮年嘗撰《記湘行及國立師範學院》一文,以紀其事(參本書附録五)。歲末,撰《感時》詩一首。蓋與金松岑有詩信往還也。

---

① 夏承燾:《天風閣學詞日記》,《夏承燾集》第六册,杭州:浙江古籍出版社、浙江教育出版社,一九九七年一月,第二九六、二九八、二九九、三〇五、三一〇頁。

七絕

感時

崖山殘臘竟何年？東望頹波一愴然。
會逐麻鞋聽杜宇，蜀山蜀水不勝憐。

【箋疏】

此詩録自先生手書，末署：“長孺，一九四二。”原本無
題，題爲本書所擬。金松岑是歲有《寄答唐長孺益陽藍田
師範學院》詩，注曰：“光華解散，始入内地。”詩曰：“五年
不放江湖棹，烽火郊坰厄遠遊。羨子豨膏忘棘軸，知余蝸
殼尚埋頭。捫胸料檢金元史，倚席深思晁賈籌。幾日長風
生羽翰，相尋雲夢澤南洲。”[1]先生家藏金松岑此詩手稿，
末署：“長孺内表姪湘中書來卻寄一首。金天羽鶴舫
（章）。”[2]知先生在國師，與金松岑有詩信往還也。

按：先生暮年撰《記湘行及國立師範學院》，謂是年
“三月中先至杭州宿”，“四月”至藍田（參本書附録五），
恐不確。先生離滬赴湘，雖係命運轉折之大事，然畢竟
歷年久遠，記憶難免失真。此據夏承燾《日記》，梳理經

---

[1] 金天羽著、周録祥校點：《天放樓詩文集·天放樓詩集卷二十》，上
海：上海古籍出版社，二〇〇七年十一月，第四六五頁。

[2] 另參戴紅兵：《跨越大半個世紀的學者書信》，《武漢晚報》二〇一二
年六月二十二日第五九版。

過如次:是年二月十一日記:"長孺來久談,謂清康、雍兩帝,好玩弄理學諸臣(原注:李光地、熊賜履)。清理學家,皆少清操,反不如文人有守節者。"提及"守節",豈非離滬張本耶?又三月十八日記:"夜,唐長孺來,謂下月初往湖南師範學院,自杭渡江至西興,泛浦陽江至金華,一路最安舒。唯託旅行社送行,不能帶一本書。予日來爲此甚費思慮,身外之物,排遣不去,如何如何。"夏氏甚費思慮者,蓋彼亦決定離滬返鄉矣。三月二十日記:"答訪長孺不值,晤其尊人。"當思與先生籌劃離滬事也。三月廿九日記:"午,王欣夫(大隆)、王巨川(銓濟)爲唐長孺、心叔(任銘善)及予餞行,飲於巨川宅。蔡正華(瑩)、王佩諍(謇)、陳蒙庵(運彰)、陸維釗諸君同席。三時散。"四月六日記:"心叔來,留午飯,云:兩日後返如皋。王巨川寄一詞(原注:《瑞鶴仙》),送予、心叔與長孺行,極佳。"①則先生始發海上,實爲四月初也。此行備歷艱險,非一月有餘不能到達,則先生至湘中藍田,應爲五月中矣。

　　藍田國立師範學院者,錢鍾書《圍城》中之"三閭大學"也。"七七事變"後,民國政府知中日戰爭不可避免,惟恐日寇趁勢滅我之文化,縱然財政捉衿見肘,仍決意

① 夏承燾:《天風閣學詞日記》,《夏承燾集》第六冊,杭州:浙江古籍出版社、浙江教育出版社,一九九七年一月,第三六九、三七七至三七八、三八〇、三八二頁。

在後方冷僻處創設師範院校,以招聘、收容敵佔區之教師、學子,湘西爲當局首選焉。民國二十七年(一九三八)在藍田創設國立師範學院,民國三十年(一九四一)又在沈從文筆下之"邊城"創設國立茶峒師範學校。夏承燾時爲知名教授,即在招聘之列。夏氏《日記》民國三十年二月十八日條:"心叔轉來雲從函,謂湖南師範學院校長廖世承君下期欲延予往任教授,月薪三百。鍾山甚欲予往。如途路無伴,並可謀將心叔同行。予嫌路遠,不欲往。"又二月二十一日條:"夕作書,婉辭湖南師範學院之招,由心叔轉雲從。"①"雲從"者,蔣禮鴻之字也。蔣時任藍田國立師範學院國文系及國文專修科助教,負責爲該系科招聘教師諸事宜。先生至藍田,雖因呂思勉紹介,亦與國師招聘有關也。余爲箋注先生詩詞,乙未(二〇一五)四月下浣,嘗專程赴湘西之漣源、花垣,尋訪國師、茶師舊址,睹物懷人,若有所思。

民國三十二年(一九四三)　先生三十三歲

是年,先生在藍田國師。十月,撰《水龍吟》詞一首,賀蔣禮鴻、盛靜霞訂婚也。又撰《金縷曲》詞一首。與金松岑仍有詩信往還。

---

① 夏承燾:《天風閣學詞日記》,《夏承燾集》第六册,杭州:浙江古籍出版社、浙江教育出版社,一九九七年一月,第二七七至二七八頁。

水龍吟

賀蔣禮鴻、盛靜霞訂婚

窺簾蟾月通懂,瑤臺偃塞吹瓊管。吳頭楚尾,千山萬水,等閒尋遍。弱羽淩波,凝香欹夢,良宵微暖。有琴心暗逗,連環情解,凭欄看,流雲緩。　　賦得黃花人瘦,倚新聲,小屏山畔。勝因漫記,華鬘一咲,三生燕婉。碧海青天,紅朝翠暮,霜娥偷怨。待定巢燕子,翩遷儷影,照奩花滿。

【箋疏】

此詞録自先生手書,末署:"率和博雲從先生、弢青女士一咲。唐長孺藥。"(圖一六)原本無題,題爲本書所擬。此詞又載盛靜霞《頻伽室語業》,並以末署"率和博雲從先生、弢青女士一笑"一句作詞題,"唐長孺"三字置詞尾①。按:蔣禮鴻字雲從,新聘藍田國師中文系講師,與先生友善。盛靜霞字弢青,時任重慶白沙女中教師。盛爲原中央大學二大才女之一(另一爲沈祖棻,嫁程千帆爲妻),與蔣皆工詩詞,有盛名。錢堃新(子厚)爲作媒妁,一九四三年十月訂婚。《水龍吟》爲常用詞牌,又名《龍吟曲》、《莊椿歲》、《小樓連苑》、《海天闊處》等,有

---

① 蔣禮鴻、盛靜霞:《〈懷任齋詩詞·頻伽室語業〉合集》,香港:天馬圖書有限公司,二〇〇四年二月,第一五四頁。

一〇一字、一〇二字二體,一〇二字爲正體,先生此詞即爲一〇二字體也。

蔣禮鴻原詞序曰:"白沙林亭之美,衡廬殆爲第一,女師附中在焉。癸未中秋,校長吳子我招余與弢青預賞月之會,一時諸娃咸出在外,笑語闐溢。中坐,弢青偕余避席,入行幽徑中,獨有明月流素林表,情境乃大類弇陽翁所謂'畫船盡入西泠,聞卻半湖春色'者也。即景爲賦,弢青爲賡之。"詞曰:"芳園一片清柔,仙兮秋靜無人管。乍蘇薄病,教攜素手,迴廊巡遍。銀浦流雲,繁枝釀馥,夜涼微暖。有好風約住,笑聲牆外,凝情聽,行來緩。

借得水心亭子,認驚鴻、玉闌干畔。淩波並影,月魂呼出,盈盈婉婉。私語卿卿,今宵倘被,廣寒濃怨。倩輕回寶靨,和霞顋雪,正瑤華滿。"盛靜霞原詞曰:"畫圖潛入清幽,月柔煙淡遮簫管。高柯露下,團莎雪泫,迴廊行遍。佯泥人扶,教看影並,寒光同暖。更凝情細訴,繁陰深處,語聲小,聽須緩。   可是夢游前度,藉遲回、小紅樓畔。暗香膩袖,交花明靨,恁般柔婉。更不分明,仙鄉幻境,輕憐微怨。算瓊瑤肯償,無多贈答,挹銀輝滿。"蔣禮鴻注曰:"以上兩闋,係我倆南溫泉訂婚後,同返白沙時作,正是兩人熱戀之時。"[1]

---

[1] 蔣禮鴻:《蔣禮鴻集》第六卷《集外集·懷任齋詩詞》,杭州:浙江教育出版社,二〇〇一年八月,第五七一至五七二頁。

金縷曲
題影

慚愧無成矣。怪平生、豪情射虎,霸才青兕。只是
茶甘新釀頓,誤盡無雙國士。問伍相、何如吳市。
不恨岑蹄江左小,恨東山、枉負蒼生耳。酬俗世,我
能幾。　　笑談意氣如雲起。甚消磨、新豐寶彈,
尊前珠屣。冷落韶光恩恩度,怎説齊姜宋子。更劃
地、從頭翻悔。飛燕玉環皆塵土,渺無憑、莫向危欄
倚。容不減,事如水。

【箋疏】

　　此詞録自先生照片像框之左邊框,末署:"調寄《金
縷曲》,長孺倚聲。"(圖一七)原本無題,題爲本書所擬。
時間不詳。按:照片右下端有商標,中英文印"Porter
Studio 德 ARTISTIC 寶 PHOTOGRAPHS SHANGHAI",知
攝於上海寶德藝術照相館也。照片中之先生,年方二十
許,乃十年前之舊照。惟先生此時,背井離鄉,到此蠻荒
之地,國事難料,前途未卜,故有"慚愧無成矣"之嘆。金
松岑《紅鶴詞》是年(癸未歲)有《月下笛》詞,序曰:"秋
窗寫恨,因寄唐長孺湘中、袁希文貴築。山谷所謂'思兩
國士不可〔復〕見',渺渺兮予懷也。"詞云:"萬荻江湖,
秋來總付,雁奴棲託。涼波嫩釀,慣漁村、酒桑落。霜紅
葉醉山容碧,幾度結、吟朋俊約。恨關山帶甲,歡蹤墮

地,好懷無着。　　鼻息。吹寥廓。記置酒新亭,醉澆
霜鍔。蠻荒一去,誰共天涯歌哭?杜鵑聲裏知消息,歸
計數、櫻桃綻萼。只眼底,好湖山,兀自供人笑噱。"①細
揣其意,與先生此詞應有關聯。且兩詞皆有"國士"語。
因繫先生此詞於是年。《金縷曲》爲常用詞牌,正名《賀
新郎》,始於宋蘇軾之"乳燕飛華屋",故又名《乳燕飛》
等,有一一五字、一一六字、一一七字等多體,一一六字
爲正體,先生此詞即爲一一六字體也。

民國三十三年(一九四四)　先生三十四歲

　　是年,先生先在藍田國師。春,因李劍農之薦,應樂
山國立武漢大學之聘,擬入川就職。適中日長衡會戰爆
發,國師亦擬由藍田西遷漵浦。先生繞道桂、黔、滇入
川,途中費時數月。此行亦備歷艱險,先生暮年嘗撰《入
蜀記》一文,以紀其事(參本書附錄六)。先生抵樂山,蔣
禮鴻亦調中央大學宜賓柏溪分校任教,先生嘗撰《鷓鴣
天》(二首)、《臨江仙》、《花犯》詞四首,寄請蔣禮鴻
正律。

---

①　金天羽著、周録祥校點《天放樓詩文集·紅鶴詞》,上海:上海古籍
出版社,二〇〇七年十一月,第五一四頁。

鷓鴣天　二首

其一

良夜微風起井瀾,忽然綺夢着花端。巾卿青雀嬌雲扇,笛咽朱欄纖月環。　　虬箭永,袖羅單,也知天上怯高寒。可憐守到胡麻熟,玉佩環琚還未還。

其二

依約眉痕醉裏看,南枝纖月未曾閒。鐙闌噩夢泅微喘,病枕低吟蹙遠山。　　深淺意,有無間,鸞刀親割勸加餐。無言消受嬌波絮,錦幄芳温減夜寒。

【箋疏】

此詞録自先生手書(圖一八)。又載盛静霞《頻伽室語業》,然其一"纖月"誤釋"織月","環琚"誤釋"瓊琚",其二"醉裏"誤釋"鏡裏","深淺"誤釋"多少","消受"誤釋"消領",宜以本書記載爲準。蔣禮鴻、盛静霞皆有和作。蔣和作稱"和長孺兄韻",其一曰:"石齒無聲漱暗瀾,纖雲飛縷着林端。静從月隙窺人影,細聽微風弄佩環。　　花露潤,蝶衣單,一般恩怨在清寒。共伊拾作香奩句,淺笑低吟且未還。"其二曰:"錦字回文仔細看,簾漪輕蹙麝絲閒。風情戲比春塘水,好句如遊朗玉山。　　含笑處,試顰間,隋宮眉暈定能餐。卻思悵望星河畔,吹徹瓊笙一夜寒。"盛和作稱"用唐長孺先生韻",其一曰:"一轉盈盈眸底瀾,萬千言已上眉端。待攜月下凝霜腕,卻弄玲瓏臂上環。　　良夜永,袷衣單,憑將溫語卻輕寒。金鳳抵死催人去,知否瑶臺夢又還。"其二曰:"鸞鏡移來相對看,此時消領最清閒。銷殘寶炬千行淚,掩過銀屏幾曲山。　　魂夢裏,畫圖間,盡教秀色爲伊餐。誰知無限溫存處,都作今宵別樣寒。"①詩詞亢儷,果然不同凡響。

臨江仙

醉裏鳴榔魚市,興來躍馬霜天。壯懷客夢兩茫然。歸程漫永夜,生計岸儒冠。　　倚笛難翻新譜,窺窗長對殘山。中華天象幾時寬? 不成惜往日,誰與警高寒。

【箋疏】

此詞録自先生手書(圖一八)。《臨江仙》有多種變體,雙調六十字較爲常見,傳誦最廣者莫過於明楊慎《廿一史彈詞》之第三段《説秦漢》:"滚滚長江東逝水,浪花淘盡英雄。是非成敗轉頭空。青山依舊在,幾度夕陽紅。　　白髮漁樵江渚上,慣看秋月春風。一壺濁酒喜相逢。古今多少事,都付笑談中。"先生此詞取雙調五十

---

① 蔣禮鴻、盛静霞:《〈懷任齋詩詞·頻伽室語業〉合集》,香港:天馬圖書有限公司,二〇〇四年二月,第二〇七至二〇九頁。

八字,前二句皆對仗,始於晏幾道。先生四年前(民國二十九年)嘗撰《題小山詞》詩,稱"晏郎秀句妙無端",今以其調倚聲,亦有以也。先生近年詩詞,多抱家國之憂,此詞亦然。

花犯

甲申除夜

咽東風,連環怨緒,人醒炧鐙後。冰霜依舊。更細撥寒灰,薄焰消受。短晷暗惜宵殘漏。孤唫渾未就。映蠹卷、虛堂樺燭,淒涼紅淚守。　　叢殘曆日紀南遷,支離天地際,風塵沾袖。抬倦眼,凝盼到、曉雞啼候。還輕信、鬢華未老,試篋衣、徘徊明鏡鬪。甫會得、嬉春心事,驚颺迴夢又。

【箋疏】

此詞録自先生手書,末署:"雲從尊兄正律,弟長孺貢蓁。"蓋兼前揭《鷓鴣天》(二首)、《臨江仙》三詞而言,非僅謂此詞也(圖一八)。據下半闋首二句"叢殘曆日紀南遷,支離天地際",知亦憂忡中日戰事,心繫重慶民國政府之作也。《花犯》原爲周邦彦自度曲。後有多種變體。周有《花犯·詠梅》:"粉牆低,梅花照眼,依然舊風味。露痕輕綴。疑净洗鉛華,無限佳麗。去年勝賞曾孤倚。冰盤共燕喜。更可惜、雪中高士,香篝熏素被。

今年對花最匆匆,相逢似有恨,依依愁悴。吟望久,青苔上、旋看飛墜。相將見、脆圓薦酒，人正在、空江煙浪裏。但夢想、一枝瀟灑，黃昏斜照水。"吳夢窗有兩首《花犯》（"翦橫枝"、"小娉婷"）。金松岑甲子歲（一九二四）亦有《花犯·題濱虹〈虎阜探梅圖〉》[1]。格調皆與周不同。知先生此詞，格調從周，不從吳、金也。

民國三十五年（一九四六）　先生三十六歲

是年五月，武漢大學由四川樂山重返武昌珞珈山。先生已任歷史系教授，與外文系周煦良、哲學系金克木、中文系程千帆三教授志趣相投，過從甚密，號稱"珞珈四友"。常有七絕聯句，惜皆不傳。

【箋疏】

金克木《珞珈山下四人行》云："四十八年前，一九四六年，武漢大學戰後復員回到武昌珞珈山。山上仿布達拉宮外形建造的教學樓和學生宿舍依然無恙，另外的山前山后上上下下的舊房雖然還在卻已殘破了。秋天傍晚，山下大路上常有人散步。有四個人在路上碰面時就一邊走一邊高談闊論，還嘻嘻哈哈發出笑聲，有點引人

---

[1]　金天羽著、周錄祥校點：《天放樓詩文集·紅鶴詞》，上海：上海古籍出版社，二〇〇七年十一月，第五〇一頁。

注目，但誰也不以爲意，仿佛大學裏就應當這樣無拘無
束，更何況是在田野之中，東湖之濱。假如有人稍稍注
意聽一下這四位教師模樣不過三十五歲上下的人談話，
也許會覺得奇怪。他們談的不着邊際，縱橫跳躍，忽而
舊學，忽而新詩，又是古文，又是外文，《聖經》連上《紅樓
夢》，屈原和甘地做伴侶，有時莊嚴鄭重，有時嬉笑詼諧。
偶然一個人即景生情隨口吟出一句七字詩，便一人一句
聯下去，不過片刻竟出來一首七絕打油詩，全都呵呵大
笑。這些人說瘋不瘋，似狂非狂，是些什麽人？原來這
是新結識不久的四位教授，分屬四系，彼此年齡不過相
差一兩歲，依長幼次序便是：外文系的周煦良，歷史系的
唐長孺，哲學系的金克木，中文系的程千帆。四人都是
'不名一家'。周研究外國文學，但他是世家子弟，又熟
悉中國古典。唐由家學懂得書畫文物，又因家庭關係早
年讀劉氏嘉業堂所藏古書。他還曾從名演員華傳浩學
昆曲，又會唱彈詞，後來在上海進了不只一個大學的不
止一個系，得到史學大家呂思勉指引後才專重中國史
學，但還譯出《富蘭克林自傳》和賽珍珠的小説。他是爲
草創《孽海花》的金松岑代授課才開始教大學的。金是
認識他的人都知道的雜貨攤。程專精中國古典文學，但
上大學時讀外文，作新詩，所從的業師是幾位著名宿儒，
自己又是名門之後，卻兼好新學。程的夫人是以填詞出
名的詩人沈祖棻，也寫過新詩和小説。她是中文系教

授,不出來散步,但常參加四人閒談。"①

民國三十六年(一九四七) 先生三十七歲

是年,先生在武漢大學。"六一"慘案發生,死者三人,有歷史系學生,引起先生憤怒,與同系鄧啟東教授合撰挽聯一副,以表哀悼與譴責。

挽聯

悼"六一"慘案死難學生

未死敵,竟死官,黌舍作屠場,學子何辜,定知泉路不瞑目;

既離心,復離德,窮途哀國步,斯民爲貴,毋迺古人之虛言。

---

① 金克木:《珞珈山下四人行》,原載《光明日報》一九九四年十一月十九日,先後收入作者多部文集,如:《咫尺天顏應對難》,北京:人民日報出版社,一九九六年八月;《金克木人生漫筆》,北京:同心出版社,二〇〇六年六月;《金克木散文》(插圖珍藏版),北京:人民文學出版社,二〇〇八年一月;《游學生涯》,上海:東方出版中心二〇〇八年八月。此據:《咫尺天顏應對難》,第四〇至四五頁;《游學生涯》,第三一一至三一六頁。

【箋疏】

此挽聯録自是年六月出刊之《珞珈學報》第五期第三版,署名"唐長孺、鄧啟東"。鄧係先生藍田國師同事,亦武大歷史系教授也。後出紀念專册,"黌舍"誤作"横舍",署名作"鄧啟東、程會昌、唐長孺、周淑嫻",恐誤,兹不取。蓋程會昌(即程千帆)、周淑嫻另有合撰挽聯也[①]。按:所謂"六一"慘案,緣起並不複雜。蓋自古以來,學生上書干政,皆爲政府所不喜,然學生身份特殊,過度鎮壓亦爲政府之大忌。東漢有太學生張鳳等上書,完顔金有太學生趙昉等上書,宋先後有太學生陳東、徐揆、張觀、汪安仁、楊宏中、何處恬等上書,除陳東數年後因他故被殺,餘皆無事。迨至北洋、民國政府,社會開放,言路暢通,輿論相對自由,凡遇學生參與之事,處理皆更爲慎重。民國十五年(一九二六)三月十八日,李大釗等中共首領組織學生與群衆闖襲執政府衙署,遭軍警彈壓,死四十七人,中有北平女子師範大學學生劉和珍,時稱"三一八"慘案。段祺瑞時在外公幹,聞訊急趨現場,長跪謝罪,除嚴屬處置兇手,自己亦終生茹素,以爲懺悔。今年,中共領導全國學生反饑餓、反内戰、反迫害,武漢地下黨將學潮中心設於武漢大學。六月一日子丑之交(凌

---

① 程會昌、周淑嫻合撰挽聯曰:"一霎時血肉横飛,是何鬼蜮,敢汗聖潔弦歌地;廿餘年肝腸衛護,如此犧牲,怎慰仁慈父母心。"亦見《珞珈學報》第五期第三版,一九四七年六月。

晨三時），武漢軍警等闖入武大搜捕，流彈誤殺歷史系黃鳴崗等三學生，時稱“六一”慘案。事聞，蔣介石極爲震怒，撤銷武漢警備司令彭善之職，將涉案者胡孝揚等交軍事法庭審判。足見此二慘案，皆非最高當政者直接下令，而係有司擅爲之所致。癸酉（一九九三）夏，余因事赴漢，拜謁先生，先生與余言及當年舊事，猶喟然長歎，知此事對先生實乃難忘之記憶也。

下　編

己丑(一九四九)　先生三十九歲

是年,先生在武漢大學。十月,大陸易代,廢傳統紀年,時賢寫作,多以干支繫歲,此處從之。此後二十餘年,先生皆無詩作。

【箋疏】

據凍國棟《編年》及相關材料記載:辛卯(一九五一),"思想改造"運動發軔。壬辰(一九五二),先生因家庭出身、"社會關係"及"思想保守"受到審查,一度辭去武大歷史系中古史教研室主任之職①。丁酉(一九五七),"反右"運動肇始,先生雖因謹言慎行,幸免於難②,

① 凍國棟:《唐長孺先生生平及學術編年》,《魏晉南北朝隋唐史資料》第二十七輯(唐長孺先生百年誕辰紀念專輯),武漢大學人文社會科學學報編輯部,二〇一一年十二月,第五六四頁。

② 高敏回憶:"反右"前,高敏係先生研二學生。其時,中央號召幫黨整風。先生夙知高喜放言,卻不便明告,提出攜彼赴京工作數月,高不解先生之意,因故未能成行。待先生自京歸,高已因言獲罪矣。後經先生百方斡旋,終免被劃"右派"。然因檔案尚有記載,(轉下頁注)

但已噤若寒蟬,昔日"珞珈四友"式之"高談闊論",已然成爲歷史矣。戊戌(一九五八),"拔白旗"運動再起,先生被封"資産階級唯心主義學術權威",仍受本系學生多次批判。歷次運動,皆與"文字"有關,先生不敢作詩,亦有以也。

己亥(一九五九)　先生四十九歲

是年,先生在武漢大學。三月,應邀赴京,參加全國史學工作者會議,適逢陳垣入黨,衆推先生撰詩恭賀,遂成《賀陳垣同志入黨》詩一首。

七絶

賀陳垣同志入黨

八十爭先樹赤幟,頻年知己效丹忠。
後生翹首齊聲賀,嶺上花開澈骨紅。

【箋疏】

此詩録自記者探訪《陳垣:學爲人師　行爲世範》報

(接上頁注)前半生仍備經磨難。詳見高氏:《懷念恩師唐長孺先生》,《魏晉南北朝隋唐史資料》第二十一輯(唐長孺教授逝世十周年紀念專輯),武漢大學文科學報編輯部,二○○四年十二月,第一○至一二頁。如此,則先生非僅謹言慎行,亦知幾其神矣。

導。原本無題,題爲本書所擬。報導先云:"一九五九年
一月二十八日,陳垣以七十九歲的高齡加入了中國共産
黨。他在《人民日報》發表了《黨使我獲得新的生命》一
文,回顧在舊社會的漫長歲月中,滿懷救國之志,渴望有
理想的政治,渴望祖國的光明和富强,然而卻飽經憂患,
不能實現。只有在共産黨領導下的新中國,才看到了中
國獨立富强的希望,因此精神振奮,對祖國的前途充滿
了信心。他感謝黨給了他新的生命,願在垂暮之年,爲
黨和人民的事業貢獻自己的一切。"接稱"史學家唐長孺
爲陳垣入黨賦詩",並揭載此詩①。

　　朱同洲《陳垣緣何入黨》云:"一九五九年一月二十
八日,陳垣以七十九歲高齡加入中國共産黨。他説,自
己年近八十歲,自恨聞道太晚,但俗語説'虎老雄心在',
年歲的老小,不能阻擋人前進的勇氣;聞道的遲早,不能
限制人覺悟的高低。我要以有生之年,竭盡能力,爲黨
的事業,不休不倦地繼續工作。一九五九年三月十二
日,《人民日報》發表陳垣《黨使我獲得新的生命》一文。
該文發表之際,正值全國史學工作者百餘人彙集北京。
大家看到此文,非常感動,乃由唐長孺賦詩,侯外廬題
詞,書於織錦封皮宣紙册頁。題詞後有蔡尚思、鄭天挺

---

① 記者探訪:《陳垣:學爲人師,行爲世範》,《江門日報》二〇〇五年八
月三十日 A 二版"僑鄉人物觀潮"專欄。

等與會者一〇五人簽名,以誌紀念。"①

　　按:是年,國內學藝精英,經歷五七"反右",五八"拔白旗",尚能苟安者,爲求自贖,皆紛紛入黨,所謂"樹赤幟"("拔白旗"運動又稱"拔白旗、插紅旗"運動)、"效丹忠"者也。陳垣、梁思成、李四光、錢學森、梅蘭芳、周信芳等爲其最著者。先生亦於辛丑(一九六一)九月入黨,雖不能排除受陳垣影響②,亦與自身境遇有關也。先生於此次赴京參會前十餘日(三月一日),爲《魏晉南北朝史論叢續編》撰寫《跋語》,先自問:"在我寫這幾篇論文的時候,我們在黨的領導下經歷了偉大的社會主義改造運動,開展了整風,擊敗了右派。接着在一九五八年全面大躍進的基礎上建立了人民公社。面對着這一個令人鼓舞的形勢,我應該爲自己慚愧,幾年以來,我究竟有什麼進步,作出了什麼成績呢?"後稱:"去年冬天,同學

---

① 朱同洲:《陳垣緣何入黨》,《中國社會科學報》二〇一三年七月二十六日(總第四八〇期)《凈堂雜議》版。

② 陳垣一九六一年致先生函云:"長孺同志:久未晤教,至以爲念。白壽彝同志自武漢回京,告我一個好消息,説足下已光榮的被批准入黨,真是令人十分鼓舞,不但爲我們史學界增强力量,且對學術、教育界同人將大有影響,謹此馳賀,並祝健康! 陳垣十一月二日。露絲先生晤時幸致意道候。"按:此函爲陳垣手書,現爲先生哲嗣剛卯收藏,戴紅兵《跨越大半個世紀的學者書信》(《武漢晚報》二〇一二年六月二十二日第五九版)嘗部分揭載。

們曾經對我的資産階級唯心主義學術思想進行了嚴正
的批判。批判得很好，打破了同學們的迷信，也打破了
我自己的迷信，使我能够開始清醒，初步認識到滲透在
學術思想中的各種錯誤論點，認識到資産階級唯心主義
依舊霸佔着我的頭腦，不肯讓位。"最後又稱："我深切盼
望同志們繼續揭發、批判我的錯誤論點。"①佛頭著糞，不
忍卒讀，只能作應景文字觀之。此詩"樹赤幟"爲三仄，
按格律原應規避，而終究未避；"赤"、"丹"、"紅"三字架
屋疊牀，惟恐尚未"紅"透，知亦應景之作也。

辛丑（一九六一）　先生五十一歲

是年，先生在武漢大學。春夏之交，應邀赴廣州，參
加《中國史稿》編寫座談會。其間，嘗私往中山大學拜謁
陳寅恪。或言先生此行，又嘗順道游訪潮州韓文公故跡，撰
七律二首。然其事可疑，其詩平平，且有訛誤，不足憑信。

---

① 唐長孺：《跋語》，《魏晋南北朝史論叢續編》，北京：生活·讀書·新
　知三聯書店，一九五九年五月，第一七五至一七七頁。按：先生所稱
　"去年冬天"受到嚴正批判，應指下文：馬冠武、蔡鏡泉、陳珠培、劉
　鐵君、唐承遠、龔業永：《批判唐長孺先生錯誤的階級觀點——評
　〈三至六世紀江南大土地所有制的發展〉》，《江漢論壇》一九五八年
　第九期，第二○至二四頁。此文末署告竣時間爲"一九五八年十一
　月二十三日"。

【箋疏】

辛卯(二〇一一)七月,武漢大學召開“唐長孺先生百年誕辰紀念國際學術研討會”,姜伯勤因股骨斷裂未能與會,提交《教外何妨有別傳》一文,内記:一九八六年三月一日,先生門生孫繼民奉師命處理廢舊書報,發現一頁詩箋,題爲《游潮州韓公故跡》,“係鋼筆書寫,墨色較淡,繁簡體雜用,估計是二十世紀六、七十年代所寫”。係兩首七律,其一:“傳以文章啓八代,當因譴謫著聲名。華山突兀猶冠姓(原注:韓山),江水豪橫尚托身(原注:韓江)。古壁龍書疑贋假,遣(遺)祠風(鳳)木蔚菁英。無聊湘子投鞭事,驅石修橋未築成。”其二:“千壟碧海翻新稻,一地漁耕未(?)(豐)盛時。南徙作官非放逐,北歸遷躍借(備)棲遲。流傳政績神稱鱷,傲世文章意自知。叩問先生我不解,好將拗語寫成詩。”孫請姜鑒定。姜文徑稱此二律爲先生“佚詩”①。

姜文接記:數年前,孫繼民來中山大學考察,中心議題即上世紀六十年代,先生是否晉謁過陳寅恪? 姜陪孫去中大圖書館著名教授捐贈遺物陳列處調查,毫無所獲。後檢《陳寅恪集·書信集》,中有《致劉永濟》第五

---

① 姜伯勤:《教外何妨有別傳——從唐先生〈游潮州〉佚詩論唐先生詩學及其與金明館主的學術因緣》,《魏晉南北朝隋唐史資料》第二七輯(唐長孺先生百年誕辰紀念專輯),武漢大學人文社會科學學報編輯部,二〇一一年十二月,第一至二頁。

箋,云:"數月前聞唐長孺君言,兄近日不下樓,豈行走不便耶? 念念。"署時爲"六一年八月八日"。姜文謂"數月前"當指六一年春夏之交。而是年春夏之交,先生嘗赴廣州,參加《中國史稿》編寫座談會。姜文推測:"先生當於此時見到了陳寅恪。"如此,則先生於參會之暇,拜晤陳寅恪,順道游訪潮州韓文公故跡,撰七律二首,成爲彼此關聯,皆可坐實之事。然前事固可坐實,後事卻不足憑信。

蓋是年九月,先生正式入黨,而赴廣州參會期間,尚處考察階段,卻拜晤主張"獨立之精神,自由之思想"之"白旗"典型今人陳寅恪,游訪因諫議天子獲罪謫貶潮州之古人韓文公故跡,且撰七律二首以紀其事,與先生之謹言慎行風格,恐不相侔也。關於前者,雖然固可坐實。李文瀾《難忘珞珈憶恩師》記先生晚年與青年史學工作者聚會,介紹個人經歷,嘗言:"陳寅恪先生,我只見過一面,那是一九六一年。"①然則,此一時、彼一時也。當時必爲極其隱秘之事。以致金克木在先生卒後撰《陳寅恪遺札後記》,尚云:"長孺一生没有見過陳(寅恪)先生。"②金

---

① 李文瀾:《難忘珞珈憶恩師》,原載《魏晉南北朝隋唐史資料》第二十一輯(唐長孺教授逝世十周年紀念專輯),武漢大學文科學報編輯部,二〇〇四年十二月,第六五頁,收入《文瀾存稿》,武漢:湖北人民出版社,二〇一三年三月,第三四四至三四五頁。

② 金克木:《陳寅恪遺札後記》,原載《讀書》一九九七年第三期,第一〇五至一〇九頁,收入作者《游學生涯》,上海:東方出版中心,二〇〇八年八月,第三一七至三二二頁。

爲先生妹丈兼良友,尚且不知其事,他人可知矣。故余以爲:先生拜晤陳寅恪,必屬不欲人知之私謁。而關於後者,釋文頗多錯訛可以不論①。其詩本甚平平。若詩確爲先生所作,詩題定稱"韓文公"(潮州有"韓文公祠"),而絕不可能稱"韓公"。此乃常識,不可不知也。又"千壐"之"壐"爲仄聲,此處宜用平聲。先生爲詩詞大家,焉能犯此錯誤? 此外,"啟八代"、"我不解"皆爲三仄,按格律原應規避,作者雖以"拗語"解嘲(其説當出清王軒《〈聲調譜〉序》:"韓、孟崛起,力仿李、杜拗體,以矯當代圓熟之弊。"),然"拗語"又稱"拗體"、"拗句"、"拗救",此處三仄與"拗語"實無關聯也②。此二律,又爲他

---

① 辛卯(二〇一一)七月召開"唐長孺先生百年誕辰紀念國際學術研討會",余適在會上,讀罷二律,即覺釋文存在問題,後向孫繼民索看圖版,知"遺"、"風"、"未(?)"、"借"分別應爲"遺"、"鳳"、"豐"、"備"之誤,故已在前揭釋文中括注正字,提請讀者注意矣。

② 按:余幼從先君學詩。先君嘗爲余講解"拗體"之制。其言若曰:"格律詩原有拗體,亦稱拗救,其制有二:一爲單句拗救,即一句之内,前字當平而仄爲拗,後字當仄而平爲救。一爲雙句拗救,即:前句平仄不得已有誤,爲拗句;後句平仄有意使之誤,爲救句。蓋以誤接誤,方爲合律也。其體創自盛唐李、杜,然亦偶一爲之耳,非恒制也。自宋以降,詩力遠遜盛唐,以爲不拘常格,可掩其弱,遂自創新拗體。然均非正途,且不易把握,不可學也。汝年歲稍長,自能體味。"先君一生,雖恃才傲物,目無餘子,然其言未嘗無據。而其教人,亦往往點明即止,不作繁複鋪陳,蓋冀彼能讀書得間,自行歸納總結也。余謹記於心。稍長,讀詩漸多,始知古人每(轉下頁注)

人筆跡，原非先生手書。故余推測：此七律二首，應係另一詩家所寫，攜來請先生指正者。先留先生處，先生閱畢棄置，遂與廢舊書報爲伍也。

癸丑（一九七三）　先生六十三歲

是年，先生在武漢大學。夏，應邀赴京，暫駐中華書局，點校"北朝四史"。其間與啟功相識，聞啟功廬舍圮損，撰七律一首相慰，惜未見。

（接上頁注）多曲解誤會。就李、杜而論："單句拗救"僅見李白《贈孟浩然》之"紅顏棄軒冕"（下句"白首臥松雲"平仄無誤），是後鮮有其例。"雙句拗救"最早見於杜甫《白帝城最高樓》之"城尖徑昃旌旆愁，獨立縹緲之飛樓"，是後亦成絕響。宋人詩力難與李、杜比肩，遂創新拗體以自强。追奇求變，本無可厚非。值得商榷者，係彼等謂其體源出於唐。如胡仔《苕溪漁隱叢話》言張説《奉和聖制花萼樓下宴應制》之"山接夏空險，臺留春日遲"，杜甫《江雨有懷鄭典設》之"寵光蕙葉與多碧，點注桃花舒小紅"，王維《輞川別業》之"雨中草色綠堪染，水上桃花紅欲然"等，均爲"拗句格"。而實則皆係所謂"一三五不論"也。又如吳可《藏海詩話》謂常建《題破山寺後禪院》之"竹徑遇幽處，禪房花木深"亦爲"拗句格"。初看前句爲孤平，後句爲孤仄，似有理焉。及讀姚寬《西溪叢語》及他書，前句之"遇"又作"通"，從音律而論，"遇"音甚濁，不如"通"之音清，作"通"是也。如此，則此詩前句平仄合律，後句屬第三字可不論也。今人多不真正懂"拗體"，往往人云亦云，害人害己。故不揣淺陋，辭費如上，謹供有識者擇焉。

【箋疏】

啟功《絮語》云:"功參預校點諸史,獲識唐長孺教授。夏日敝廬圮損,來詩見慰,並獎譽拙書,次韻奉答。"原注:"補録一九七三年作。"詩云:"不羨香山履道居,雄都廛畔賃茅廬。叢殘字校牆中本,豁達詩拈頷下鬚。步以歧多常竭蹶,心經義勝見敷腴。衰遲骨肉期功盡,哀疾空傳簡札書。"①啟功既稱"次韻奉答",則知先生所撰亦爲七律,且亦押六魚、七虞韻也。先生此詩,啟功各類詩文集皆未收入,恐已佚失,故未見。

丁巳(一九七七)　先生六十七歲

是年,先生在武漢大學。春,應邀赴京,暫駐沙灘紅樓,整理《吐魯番出土文書》。其間應啟功之邀,往彼公寓作客,讀其"悼亡詩",撰《一萼紅》詞一首。

一萼紅

讀元白"悼亡詩"有感

一九七七年春,於元白(啟功)先生齋頭讀"悼亡詩",沈

---

① 啟功:《啟功韻語》,《啟功叢稿·詩詞卷》,北京:中華書局,一九九九年七月,第一八四至一八五頁;又,啟功著、趙仁珪注:《啟功韻語集:注釋本》,北京師範大學出版社,二〇〇四年六月,第一九三至一九四頁。

摯淒惻,感不絕於予心,因賦《一萼紅》一闋。

夜遲遲。正疏行淡墨,和淚寫新詩。樓韻簫沈,奩開鏡冷,分付零夢淒迷。有多少鵑啼雁唱,送年年幽恨上雙眉。顧影簾櫳,回腸針綫,無限相思。　　曾記戲言身後,願雙棲共命,白首同歸。病枕低呻,風燈絮語,窺户星月能知。最難忘,聲聲珍重,怕折磨寬卻舊時衣。翹首驂鸞路,遙不負心期。

【箋疏】

此詞録自啟功《韻語》①。原本無題,題爲本書所擬。《韻語》卷二載啟功妻寶琛一九七一年患病,一九七五年殁,啟功作《痛心篇》二十首以紀其事,又作《自題畫册》十二首,後云:"《痛心篇》書於《畫册》之後,摯友寵題,謹録於此。"第一首即爲先生此詞。先生壬申(一九九二)致汪榮祖函嘗云:"三十以後絶少作詞。唯七七年啟功兄以其'悼亡詩'見示,曾題《一萼紅》一闋,附録於啟功先生詩集中。"②即指此詞。《一萼紅》有平韻、仄韻二

①　啟功:《啟功韻語》,《啟功叢稿·詩詞卷》,北京:中華書局,一九九九年七月,第六六頁;又,啟功著、趙仁珪注:《啟功韻語集:注釋本》,北京師範大學出版社,二〇〇四年六月,第六七頁。
②　汪榮祖:《義寧而後稱祭酒——悼念史學家唐長孺先生》,臺北《歷史月刊》一九九五年三月號,第八八頁。

體,仄韻始於北宋無名氏,平韻始於南宋姜白石。先生此詞押平韻,蓋從姜白石者也。

戊午(一九七八)　先生六十八歲

是年,先生在武漢大學。十一月,應邀赴京,因唐山地震之故,藉駐故宮博物院,繼續整理《吐魯番出土文書》。其間嘗接待美國"漢代研究代表團"團長余英時來訪。余亦爲詩家。然二人會談,言不及詩。

【箋疏】

　　余英時甲申(二〇〇四)撰《追憶與唐長孺先生的一次會談》,略云:一九七八年十月至十一月,余率美國"漢代研究代表團"訪華,嘗在京逗留,公務之外,提出欲見三人,望有關單位安排。此三人者,俞平伯、錢鍾書與先生也。後經中國社會科學院預約,十一月十五日下午,余往故宮博物院拜謁先生,會談約一小時。余文云:"唐先生一望即是一位飽學之士,很合乎中國傳統中所謂'老師宿儒'的典型。但談話開始後,我很快便警覺到他是一位異常謹慎的人。他只答覆我提出的問題,而且必三思而後言,但從頭到尾沒有主動地問過我任何問題。也許是我過度敏感,我總覺得他多少有些顧忌,唯恐在我這個不速之客的面前失言。因此我説話時也不得不加倍小心,以免爲他添上困擾。"①先生之謹言愼行可見一斑。
余亦爲詩家,嘗撰挽牟復禮(F.Mote)五律二首("近世論
文史,公居最上游"與"漢學開新頁,普城創業時"),頗見
功力。然據余文記會談經過,無一字涉及詩詞。

己未(一九七九)　先生六十九歲

是年,先生在武漢大學。五月,《汪籛隋唐史論稿》
編竣,撰五律一首。學生閱覽室建成,又撰七絶二首
詠之。

五律
《汪籛隋唐史論稿》編竣感懷

燕市論交晚,情親十載餘。
荒園秋躑躅,疏雨夜迂徐。
勝業隋唐史,勤思馬列書。
遺編今捧讀,涕淚滿衣裾。

---

① 余英時:《追憶與唐長孺先生的一次會談》,《魏晉南北朝隋唐史資
料》第二十一輯(唐長孺敎授逝世十周年紀念專輯),武漢大學文科
學報編輯部,二○○四年十二月,第二五頁。按:余後將此文改名
《追記與唐長孺先生的一次會談》(實僅改"追憶"爲"追記"),收入
《師友記往:余英時懷舊集》,北京大學出版社,二○一三年一月,第
一五五至一五六頁。

【箋疏】

此詩録自先生《汪籛隋唐史論稿·序言》。原本無題,題爲本書所擬。第三句"荒園秋蹢躅"下原注:"同游圓明園廢址。"第四句"疏雨夜迁徐"下原注:"同宿歷史研究所,風雨達旦。"末署:"一九七九年五月。"①《序言》完成之時間也。汪籛(一九一六至一九六六),江蘇江都人,史家陳寅恪之高弟也。北大歷史系教授,隋唐史專家,與先生交情甚篤。"文革"初期,被迫自殺,爲北大首位殉難者焉。紅羊劫後,先生有感故人一介書生,竟遭横死,倡議收集汪氏遺作,爲編文集,遂有《論稿》梓行之功德也。

七絶

題學生閱覽室　二首

其一

轉益多師是我師,商量悉當與新知。
河流九派歸滄海,不負芳華年少時。

其二

風吹萬竅鳴天籟,雨潤繁枝鬭好春。

---

① 先生:《汪籛隋唐史論稿·序言》,北京:中國社會科學出版社,一九八一年一月,第三頁。唐剛卯《楊聯陞、汪籛先生遺札後記》(待刊稿)嘗引録此詩。

裁種分芽吾老矣,成谿須待賞花人。

【箋疏】

此詩録自先生手書,末署:"題學生閱覽室,録呈于
塵同志斧正,長孺貢稿。"原無時間。按:武漢大學"學生
閱覽室"位於内校門左側,戊午(一九七八)始建,今年建
成。余時在武大,常在該閱覽室讀書,因繫於是年。

辛酉(一九八一)　先生七十一歲

是年,先生在武漢大學。三月十八日,訪日歸國,行
前,撰七律一首,留贈礪波護等日本友人。七月四日,按
公曆,爲先生古稀壽誕,余撰《金縷曲》一首恭賀。十月,
汪榮祖來訪,先生邀請參加紀念辛亥革命會議,臨別,汪
贈七律一首,先生步韻答之。

七律
臨別日本贈比鄰諸君子

現説天涯若比鄰,蓬瀛飛渡覺身輕。
唐風已自忘游旅,漢學由來重洛京。
史跡千年勤禹域,靈文三洞探玄經。
流風幾輩傳薪火,合向鴻都問老成。

【箋疏】

此詩録自礪波護《唐代史研究會のことども》及《唐長孺先生在京都》。礪波謂"先生於歸國之際"用彩箋寫下此詩。另附注云："'老成'指宮崎市定。"末署："庚申（一九八〇）孟冬，余應京都大學人文科學研究所之邀，束裝東游，居東四月，川勝、礪波兩先生厚意殷拳，俾忘客旅，臨行率爲長律，書奉礪波先生，以識鴻爪。辛酉孟春唐長孺題。"①"宮崎"爲日本京都學派第二代巨擘，礪波之恩師也。"川勝"即川勝義雄，京都學派第三代巨擘。先生係應川勝之邀，於庚申十一月十九日訪日，今年三月十八日歸國，則知先生此詩，寫於是年三月中浣矣。

先生訪日歸國，嘗以講座形式，向門生介紹東瀛學

① 礪波護：《唐代史研究會のことども》，原載《人文》第二六號，一九八二年九月，收入作者：《京洛の學風》，東京：中央公論新社，二〇〇一年五月，第三五九至三六〇頁；礪波護著、凍國棟譯：《唐長孺先生在京都》，《魏晉南北朝隋唐史資料》第二十一輯（唐長孺教授逝世十周年紀念專輯），武漢大學文科學報編輯部，二〇〇四年十二月，第三五至三六頁。按：姜伯勤亦嘗據影本揭載此詩。見姜氏：《教外何妨有別傳——從唐先生〈游潮州〉佚詩論唐先生詩學及其與金明館主的學術因緣》，《魏晉南北朝隋唐史資料》第二七輯（唐長孺先生百年誕辰紀念專輯），武漢大學人文社會科學學報編輯部，二〇一一年十二月，第三至四頁。然末署"客旅"誤作"略旅"，"長律"誤作"壹律"，"辛酉孟春"誤作"辛酉孟冬"。宜以本書記載爲準。

術及風土人情。是年七月四日,按公曆,爲先生古稀壽
誕,余嘗撰《金縷曲·業師唐長孺老人七旬壽詞》恭賀。
詞曰:"曰若稽古,憶龍門紬藏金匱,繩其祖武。馬列
宗風開蹊徑,誰駕柴車篳路? 況八代興衰未究。封建分
期爭已久,立新壇,更見真旗手。揮史筆,如椽否?
而今學筏東瀛渡,似當年唐經九譯,流風遐布。獨我資
同參也魯,孤負薪傳授受,正自愧苗而不秀。忽報椿齡
不逾矩,集門牆,喜設尊師酒。金杯祝,無疆壽。"①頗得
先生嘉許。其中"而今學筏東瀛渡,似當年唐經九譯,流
風遐布"云云,即指先生此次訪日,宣講學術,影響
深遠②。

七律
步韻答汪榮祖教授

榮祖教授來鄂參加辛亥革命學術討論會,喜得相見,後
惠贈長律,即步原韻奉寄請正。

---

① 王素:《哲人雖已去　遺愛有餘思——緬懷業師唐長孺先生》,《魏
晉南北朝隋唐史資料》第二十一輯(唐長孺教授逝世十周年紀念專
輯),武漢大學文科學報編輯部,二〇〇四年十二月,第七〇至七
一頁。
② 關於先生此次訪日成果,除前揭礪波護嘗有記述,池田温亦有記述
也。見池田温著、凍國棟譯:《懷念唐長孺教授》,《魏晉南北朝隋唐
史資料》第二十一輯(唐長孺教授逝世十周年紀念專輯),武漢大學
文科學報編輯部,二〇〇四年十二月,第三一頁。

革命風雷動地來,楚天景色信雄哉。

相逢知有平生意,勝會他年又一回。

廣座談經誰奪席,大江望眼試登臺。

朝宗九派終須合,欲向東洲舉酒杯。

【箋疏】

此詩録自汪榮祖《義寧而後稱祭酒》,時間爲"辛酉秋日"。原本無題,題爲本書所擬。汪先稱:"筆者於一九八一年初秋自滬溯江而上,登珞珈山,特赴唐府拜訪而得以初識,並蒙邀請即將在東湖召開的'紀念辛亥革命七十周年國際學術討論會'。離行時,我曾賦詩留別以表敬意與謝意:'武漢三城迎我來,長橋飛渡亦雄哉。叢編奉讀已多年,顏色親瞻第一回。七十春秋商舊史,五洲學士齊登臺。秋寒細雨遠行夜,相對暢飲敬酒杯。'"接稱"唐長孺先生很客氣地唱和了一首",即指此詩①。按:汪文前言"邀請即將"不辭,其間疑脫"參加"二字。汪詩第三句"年"不合平仄,第六句"齊登臺"爲詩家所忌之"三平",末句"敬酒杯"亦甚費解,疑有手民之誤。汪氏後嘗追憶與先生結識原委,兹節録如次:"一九七九年中美建交後,中美間成立了一個'美中學術交流協會',從一九八〇年開始,兩國開始互派學者。我是第二屆被派到中國的訪問研究學者,這一屆共二十二

① 汪榮祖:《義寧而後稱祭酒——悼念史學家唐長孺先生》,臺北《歷史月刊》一九九五年三月號,第八五至八六頁。

名。這樣一九八一年我就從美國到大陸進行了爲期八個
月的旅行和研究，這也是我第一次回大陸。當時研究學者
必須有一個掛靠單位，我掛靠在上海復旦大學。我一九八
一年來的時候，跟蔣天樞、唐長孺先生都有來往，還與兩位
唱酬過詩。"①前揭二詩應爲汪與先生首次唱酬。

癸亥（一九八三） 先生七十三歲

　　是年，先生在武漢大學。冬，有感時政變幻，撰七律
一首，以抒憂思。

七律
冬夜偶成

　　壯士安能挽逝波，狂流直覓倒長河。
　　無端噩夢甘鉗口，未卜他生且放歌。
　　霜霰催寒天曖昧，山川沉響夜嵯峨。
　　衰年但作酣眠計，可奈穿牆雀鼠多。

【箋疏】
　　此詩録自先生手書，末署："冬夜偶成，于廑同志斧
正，長孺呈稿。"原無紀年。據第七句"衰年"云云，知爲

①　林華、曉濤：《汪榮祖教授訪談録》，《史學史研究》二〇〇四年第一
　　期，第一三頁。

二十世紀八十年代所作。其時,先生所作詩詞,例以干支紀年。此詩未繫干支,蓋欲有所隱也。揆之時政,似惟本年相當。是年十月,"清污"運動經數月醞釀,終於爆發,來勢洶洶,人心惶惶,坊間多言係二次"文革"。先生似原欲有所作爲,不料"狂流"突襲,"噩夢"重來,"天曖昧","夜嵯峨",擬"甘鉗口","作酣眠計",無奈身邊"穿牆雀鼠多",爲求遠禍,只得更尋霧隱。凍國棟《編年》謂先生是月稍晚,辭去武大歷史系主任之職①,亦有以也。

甲子(一九八四) 先生七十四歲

是年,先生在武漢大學。時政漸趨平静,先生自撰對聯一副,請啟功手書,懸掛廳堂,以言心言志,舒展胸襟也。冬末,又撰七律一首,從内容觀之,亦係與對聯相呼應者。

對聯

言志

著述敢期延歲月;
湖山倘許小盤桓。

---

① 凍國棟:《唐長孺先生生平及學術編年》,《魏晉南北朝隋唐史資料》第二十七輯(唐長孺先生百年誕辰紀念專輯),武漢大學人文社會科學學報編輯部,二〇一一年十二月,第五七二頁。

【箋疏】

此聯録自先生故居廳堂。去歲"清污"運動時間不長，即爲有力者制止，時政重歸平靜。傳統士大夫憂國憂民，原屬天性；"天下興亡，匹夫有責"，亦非虛言套語。然經此一役，悉皆心寒齒冷矣。此聯，乃先生言心言志之作也。凍國棟《編年》謂先生是年"自題聯語"云云，係"表達其畢生治學之心境"①。牟發松《略述》謂此係"唐教授自題並請啟功手書的一幅聯語，表達了他對人生的通達和對學術的執着"②。所詮釋者，多係上聯之意，固無誤也③。而聯繫時政變幻，細揣下聯，蓋亦另有深意在焉，惟不足爲外人道耳。

七律

甲子冬末曉起雪霽

晴雪澄輝一起予，披帷兀對素天虛。

---

① 凍國棟：《唐長孺先生生平及學術編年》，《魏晉南北朝隋唐史資料》第二十七輯(唐長孺先生百年誕辰紀念專輯)，武漢大學人文社會科學學報編輯部，二〇一一年十二月，第五七二頁。

② 武漢大學中國三至九世紀研究所(牟發松執筆)：《著書敢期延歲月，湖山倘許小盤桓——唐長孺教授學術成就及治學方法略述》，《武漢大學學報》一九九五年第三期，第二三頁。按此詮釋又見牟發松：《略談前輩學者對唐長孺先生治學的影響》，《文史知識》一九九五年第八期，第一一頁。

③ 按凍、牟等文記上聯"著述"皆作"著書"，平仄、詞義均與下聯"湖山"失對，恐誤。

　　浮空眼纈瞳矔日,環坐光搖寂寞居。

　　歲月無多思補過,湖山大好欲褰裾。

　　映窗自把塗鴉筆,捫燭扣槃強著書。

【箋疏】

　　此詩録自先生手書,末署:"甲子冬末曉起雪霽,唐長孺。"又有先生贈胡德坤手書:"霽月澄輝一起予,披帷兀對素天虛。浮空眼纈瞳矔日,環坐光搖寂寞居。歲月無多思補過,湖山大好欲褰裾。映窗自把枯毫寫,捫燭扣盤強著書。"末署:"丁卯(一九八七)初夏録舊作,德坤同志正之,長孺。""枯毫寫"顯然不如"塗鴉筆"貼切。時距甲子冬末不過兩年半,先生默書舊作,已不復完全記憶矣。又有先生贈谷川道雄手書。據李文瀾《難忘珞珈憶恩師》載,壬申(一九九二)春,先生嘗將此詩書贈日本友人谷川道雄。詩曰:"霽月澄輝一起予,披帷兀對素天虛。浮空眼纈瞳矔日,環坐光搖寂寞居。歲月無多思補過,湖山信美欲褰裾。映窗自把雕蟲筆,摸象捫盤強著書。"末署:"壬申初春録舊作,眼枯手澀,粗具點畫而已,書奉谷川道雄先生一笑。"①"信美"不及"大好"自

---

①　李文瀾:《難忘珞珈憶恩師》,原載《魏晉南北朝隋唐史資料》第二十一輯(唐長孺教授逝世十周年紀念專輯),武漢大學文科學報編輯部,二〇〇四年十二月,第六一頁,收入《文瀾存稿》,武漢:湖北人民出版社,二〇一三年三月,第三四一頁。按先生此詩,又見作者:《蒼龍日暮還行雨,老樹春深更著花——讀唐長孺先生晚年(轉下頁注)》

然,"雕蟲"不如"塗鴉"貼切。尤其"捫燭扣槃"係成語,
出自蘇軾《日喻》①,不宜分開與"摸象"另組"摸象捫盤"
新語也。時距甲子已逾七年,先生默書舊作,似更加生
疏矣。

　　李文記先生書贈谷川道雄此詩原委云:"從'環坐光
搖寂寞居'句可知唐師這首詩作於一九八九年冬師母仙
逝之後,我第一次誦讀則是在一九九二年,那幾年正是
唐師特別惦念我和張弓兄的時候。〔一九〕九二年三月,
我的長子濟滄留學東瀛,師承谷川道雄先生,唐師得悉
後十分欣慰,當即手書這首詩,讓公子剛卯兄送來,囑咐
濟滄奉達谷川先生。"李文推斷此詩寫作時間在一九八
九年冬之後,固然不確;然其說之出,亦非無因也。"那
幾年"云云,蓋指己巳之後政治清理諸事也。先生門生
張弓原任中國社科院歷史所副所長、李文瀾原任鄂省社
科院副院長,皆因此去職(本書《辛未秋日感事》詩亦嘗
涉及,可參閱)。先生素來關心門生,愛屋及烏,默書舊

(接上頁注)日記(一九九二至一九九三)》,原載《文史知識》二〇一一
　　年第十一期,第七八頁,收入《文瀾存稿》,武漢:湖北人民出版社,
　　二〇一三年三月,第三五三至三五四頁。然叙原委不及前文詳贍。
① 　蘇軾:《日喻》:"生而眇者不識日,問之有目者。或告之曰:'日之狀
　　如銅槃。'扣槃而得其聲。他日聞鐘,以爲日也。或告之曰:'日之
　　光如燭。'捫燭而得其形。他日揣籥(其狀如笛之管樂器),以爲日
　　也。"參孔凡禮點校:《蘇軾文集》卷六四,北京:中華書局,一九八六
　　年三月,第一九八〇至一九八一頁。

作以贈谷川,亦含托庇關照門生子息之意焉。先生用情,可謂深矣!

乙丑(一九八五) 先生七十五歲

是年,先生在武漢大學。十二月,余因創辦《出土文獻研究》,奉命向先生約寫刊名,先生覆函,錄舊作七律一首,自嘲字拙。

七律
自嘲

平生字拙聞鄉里,慚愧今朝亦染翰。

點畫敢欺如律令,傖荒真笑假衣冠。

小兒學字描紅趣,老去揮毫堆墨難。

惡札何由分雅俗,憑君味外辨鹹酸。

【箋疏】

此詩錄自先生是年十二月十一日賜余信函。第五句"小兒學字描紅趣"下原注:"清末書家何子貞謂當今嘲小兒寫描紅,尚有天趣。"第六句"老去揮毫堆墨難"下原注:"宋陳堯咨作書,筆劃肥重,時人謂之堆墨書。"此詩前後有文記原委云:"《出土文獻研究》承約題署,我的字寫得實在不行。幾年前啟功同志要我寫一紙作爲紀念,我作了如下一首詩(中略)聊以自嘲。今既不嫌拙書,當寫就寄上。但可用則用,不必阿私所好也。"按:"幾年前"云云,疑指癸亥(一九八三)四月,先生參加在京舉行之中國史學會會議,嘗與啟功晤叙之事。因僅屬推測,不便確指,暫繫於本年。又,先生題署交出版社後,因編輯部無人諳究書法,以及其他原因,未即采用,余欲索回亦不可得,竟成憾事!

按:先生自嘲字拙,實乃過謙之詞。先生之書法,自有淵源與形體,非凡俗所能窺其堂奥者也。魏連科師從書家魏建功,並嘗問字於啟功,於書法頗有素養,所撰《唐長孺先生二三事》,有云:"唐先生的書法很有特點,剛勁古拙,超脱俗媚,顯然脱胎於魏碑。"①誠至論也。先生晚年因眼疾,寫字粗具點畫,則又當別論云。

丁卯(一九八七)　先生七十七歲

是年,先生在武漢大學。春,有佳興,撰七律一首。夏,門生程喜霖著《漢唐烽堠制度研究》成,撰對聯一副、七絶一首。十一月,常州吕思勉故居將開館,撰五律一

---

① 魏連科:《唐長孺先生二三事》,《魏晋南北朝隋唐史資料》第二十一輯(唐長孺教授逝世十周年紀念專輯),武漢大學文科學報編輯部,二〇〇四年十二月,第四〇頁。

首。除夕,歲寒落寞,又偶成七律一首。

七律

漫興

扶衰起病料無功,差喜年來佳興同。

漫捲簾衣延草色,欲迴春氣入書叢。

揮毫且博哄堂咲,不飲忻看醉頰紅。

屋外青山山上路,朝朝策杖過橋東。

【箋疏】

此詩録自先生戊辰(一九八八)一月十六日賜余信函。先云:"去歲春日有一首詩録上請你批評。"接寫《漫興》云云。"揮毫且博哄堂笑"下原注:"此句是説近年來偶亦作書。""朝朝策杖過橋東"下原注:"此句是説每日早上上山漫步。"吳遇家藏先生手書作:"扶衰起廢料無功,差喜年來佳興同。自捲簾衣延草色,欲迴春氣入書叢。揮毫且博哄堂咲,不飲忻看醉頰紅。屋上青山山上路,朝朝拄杖過橋東。"又先生門生陳國燦處亦有本年鈔本。陳先云:"一九八七年夏,唐長孺師在教學、研究閒暇,應我的請求,給我寫了一幅字,以叙師生之誼。"接抄此詩,作:"扶衰起廢料無功,差喜年來佳興同。漫捲簾衣延草色,欲迴春氣入書叢。揮毫且博哄堂笑,不飲忻自醉頰紅。繞屋青山山上路,朝朝杵杖過橋東。"又録原款："丁卯夏書贈國燦同志。"①按："起廢"較"起病"言重，"自捲"不及"漫捲"從容，"忻自"與"且博"未對仗，"屋上"、"繞屋"嫌晦澀，"拄杖"、"杵杖"顯衰老。應皆爲待定稿。又，此詩爲遣興之作，非"以叙師生之誼"也。

對聯

題程喜霖同志《漢唐烽堠制度研究》

大漠遺文追往跡；

斜陽廢壘識當年。

七絶

題程喜霖同志《漢唐烽堠制度研究》

漢家烽燧接甘泉，制度分明唐式傳。

斷簡遺文收拾盡，更尋廢址到窮邊。

【箋疏】

此聯與詩皆録自程喜霖《漢唐烽堠制度研究》。聯與詩原皆無題，題爲本書所擬。聯下有款："喜霖同志撰《漢唐烽堠研究》，因書此聯以贈。丁卯夏日，唐長孺。"

---

① 陳國燦:《漫捲簾衣延草色，欲回春氣入書叢——對唐長孺師研究出土文獻方法的體會》，原載《魏晉南北朝隋唐史資料》第二十一輯（唐長孺教授逝世十周年紀念專輯），武漢大學文科學報編輯部，二〇〇四年十二月，第八八頁，收入作者《論吐魯番學》，上海古籍出版社，二〇一〇年四月，第二二八頁。

詩下有款："丁卯夏,書贈喜霖同志。"①非但如此,程氏
《漢唐烽堠制度研究》之出版,先生亦有力焉。

二十世紀八十年代後期,大陸學術著作出版日漸艱
難。據汪榮祖回憶,先生庚午(一九九〇)二月二十日,
嘗致函汪,内言:"兹有請者,歷史研究所研究員張澤咸
先生近作《唐代工商業》,約三十萬言。知先生方爲臺灣
審編有關歷史著作,謹向先生推薦。張君精於唐代史
事,著有《唐代賦役史草》,論文甚多,想爲先生所悉。此
書考證精詳,取材宏富,中多創見,實爲佳作。今附上簡
明目録一紙,如以爲可採,當即囑張君將原稿寄上。專
此奉候。"汪云:"他信中提到的張澤咸先生是唐史專家、
唐門高弟。他希望我推薦張氏新著在臺灣出版。祇奈
純正的學術著作在臺出版日見困難,而我又人微言輕,
終有負唐先生咐托之意,至今耿耿。不過唐門年輕弟子
程喜霖教授的《漢唐烽堠制度研究》書稿,經我介紹,得
以在臺北聯經出版事業公司出版。"接稱"唐先生還爲此
書題了詩",並揭載此詩②。

① 程喜霖:《漢唐烽堠制度研究》:西安:三秦出版社(簡體本),一九
九〇年六月,附圖;臺北:聯經出版事業公司(繁體本),一九九一年
十月,附圖。
② 汪榮祖:《義寧而後稱祭酒——悼念史學家唐長孺先生》,臺北《歷
史月刊》一九九五年三月號,第八六至八七頁。

五律

誠之師故居開幕誌慶

夫子今長往，開編題拂存。

滄波函德量，學海接微言。

故居遺書在，名山一老尊。

升堂吾豈敢，白首愧師門。

【箋疏】

　　此詩録自李永圻《吕思勉先生編年事輯》①。"故
居"之"居"應讀去聲。吕思勉故居位於常州之十子街，
是年十二月開館。《事輯》記先生是年十一月二十二日
致思勉女公子吕翼仁函，先云："年來目力衰耗，今春又
加劇，不能寫作。敬賦一五律，不能表達瞻望之忱於萬
一，今即寄呈裁正，並請示知開館日期。"接寫此詩。詩
下有款云："誠之師故居開幕誌慶，受業唐長孺。"《事輯》
又記先生丙寅（一九八六）二月二十二日致吕翼仁函，
云："〔我〕以後治魏晉南北朝隋唐史，也受《兩晉南北朝
史》的啟發。拙撰《唐代軍事制度之演變》一文，深得先
師獎譽，並節録入《隋唐五代史》，其實此文一個基本觀

----

①　李永圻：《吕思勉先生編年事輯》，上海書店，一九九二年十月，第三
　　五七至三五八頁。按：此詩，戴紅兵《跨越大半個世紀的學者書信》
　　（《武漢晚報》二〇一二年六月二十二日第五九版）、唐剛卯《楊聯
　　陞、汪籛先生遺札後記》（待刊稿）亦嘗揭載。

點，即唐代募兵制的代替府兵制，由於當時形勢所迫，也是聆教於先師的。不但治學方面，在立身行己和政治立場也深受先師啟迪。以後如寫自述，必將記入，以補今日之缺憾。"可爲"開編題拂存"一句注腳。先生與呂思勉之淵源，另參本書民國二十八年（一九三九）條。

七律

丁卯除夕感懷

負鼓盲翁百事虛，更無才力應時需。

乾坤次第開新貌，日月纏綿到歲除。

廣座盃盤人散後，滿城爆竹夢迴初。

商量七十七年事，乞向書叢問蠹魚。

【箋疏】

此詩凡有多本，時間不同，文字互異，雖曾引發討論，但卻難成定讞。此處所録，乃余斟酌時間先後，衡量文字短長，而拼合之定本。兹將各本情況鋪陳於下。

最早爲孫繼民《唐長孺師〈除夕詩〉補說》本。孫先叙原委云："一九八七年的六、七月間，我的調動（由武大調河北省社科院）即將成行，行前，我終於鼓足勇氣向唐師提出寫一幅字，留作紀念，唐師爽快答應，不久即送我一幅（原注：大概是六月底七月初）書作，録舊詩一首並附贈語。"詩曰："坐嘯行吟計有餘，更無才力應時需。平生不負雕蟲手，垂老猶詮發冢書。廣座明鐙人散後，小樓殘月夢回初。商量五十年來事,乞向書叢問蠹魚。"末署:"一九八七年初夏,録舊作贈繼民同志。長孺。"孫云:"贈語稱'録舊作',且詩句説'商量五十年來事',可證此詩之作時間較早,唐師《除夕》詩(即《丁卯除夕偶成》)顯然是在以前舊作基礎上改寫而成。"①此詩寫於是年"除夕"之前,文字與此後之文本差別最大,屬於"舊作"固無疑問。然則究竟"舊"至何時,卻因文辭矛盾,難以索解。姜伯勤謂"此詩當作於上世紀三、四十年代"②。然其時先生僅二、三十歲,何來"商量五十年來事"? 若相信"商量五十年來事",則當上世紀六十年代,其時先生又未主持"發冢書"(《吐魯番出土文書》)之整理。故余以爲:從"垂老"及"更無才力應時需"觀之,此詩只能爲上世紀八十年代所作,準確推斷當爲丁卯之前一二年所作。如此,則所謂"五十年來",仍當爲"七十年來"之筆誤也。

次爲金克木《珞珈山下四人行》本。金先云:"一九八八年初,也就是舊曆丁卯年除夕,唐長孺作一首七律詩寄給金克木,當時唐目已近盲。"接録此詩,曰:"負鼓

---

①　孫繼民:《唐長孺師〈除夕詩〉補説》,《讀書時報》二〇〇四年十一月十日。作者二〇一一年七月二十七日惠贈此詩圖版。

②　姜伯勤:《教外何妨有別傳——從唐先生〈游潮州〉佚詩論唐先生詩學及其與金明館主的學術因緣》,《魏晉南北朝隋唐史資料》第二七輯(唐長孺先生百年誕辰紀念專輯),武漢大學人文社會科學學報編輯部,二〇一一年十二月,第四頁。

盲翁百事虚,更無才力應時需。乾坤次第開新貌,日月
纏綿到歲除。廣座杯盤人散後,山城爆竹夢迴初。商量
七十餘年事,乞向書叢問蠹魚。"①此當係先生改舊爲新
之第一本。與本書正本相較,僅第六句"滿"作"山",第
七句"七十七"作"七十餘",餘同。

再次爲柳義南《記唐長孺教授遺詩數首》本。題爲
"丁卯除夕贈北大金克木妹婿",詩曰:"負鼓育(盲)翁
百事虚,更無才力應時需。乾坤次第更新貌,日月纏綿
到歲除。廣座盃盤人散後,山城爆竹夢迴初。商量七十
餘年事,乞向書叢問蠹魚。"②此本當係先生同時抄録二
份,一份寄金克木,一份寄柳義南者,故理應與前揭金克
木著録本全同,然實際存在歧異,手民之誤可以不論,第
三句"開"作"更",爲其顯例也。

再次爲剛卯或吳遇家藏先生手書本。余所見雖爲
二人分別惠贈之兩幅圖版,然紙張、文字、格式完全相
同,當攝自同一原件,實際爲一本。題爲"丁卯除夕偶

① 金克木:《珞珈山下四人行》,原載《光明日報》一九九四年十一月十
九日,先後收入作者多部文集,如:《咫尺天顏應對難》,北京:人民
日報出版社,一九九六年八月;《金克木人生漫筆》,北京:同心出版
社,二〇〇六年六月;《金克木散文》(插圖珍藏版),北京:人民文學
出版社,二〇〇八年一月;《游學生涯》,上海:東方出版中心二〇〇
八年八月。此據:《咫尺天顏應對難》,第四三至四四頁;《游學生
涯》,第三一四至三一五頁。
② 柳義南:《記唐長孺教授遺詩數首》,《拾遺集》,蘇州市吳江市文聯,
二〇〇九年五月,第一七六頁。

賦"，詩曰："負鼓盲翁百事虛，更無才力應時需。乾坤次第開新貌，日月纏綿到歲除。廣座盃盤人散後，江城爆竹夢迴初。商量七十七年事，乞向書叢問蠹魚。"①此當係先生改舊爲新之第二本。與本書正本相較，僅第六句"滿"作"江"，餘皆同也。

再次爲先生戊辰（一九八八）春書贈牟發松本。詩曰："坐嘯行吟計有餘，更無才力應時需。乾坤次第開新貌，日月纏綿到歲除。廣座杯槃人散後，山城爆竹夢迴初。商量七十七年事，乞向書叢問蠹魚。"末署："丁卯除夕偶成，發松同學留念，唐長孺。"②此當係先生改舊爲新之第三本。與本書正本相較，最大之變化，係第一句"坐嘯行吟計有餘"又改新爲舊，疑先生嫌"負鼓盲翁百事虛"太過頹唐，而有此回改也。

最後爲何德章《唐長孺先生的學術與人生》本。詩曰："鼓腹盲翁事亦虛，更無才力應世須。乾坤次第開新顏，日月纏綿到歲除。廣座杯盤人散後，滿城爆竹夢回初。商量七十八年事，請向書叢問蠹魚。"何云："這首題爲《除夕感懷》的詩是唐先生于一九八八年除夕所作，正是從這一年開始，七十八歲高齡的唐先生克服種種困難，著手撰寫《魏晉南北朝隋唐史三論》一書，歷時三載，

---

① 唐剛卯、吳遇分別於辛卯（二〇一一）七月十一日、七月十九日惠贈圖版。

② 牟發松辛卯（二〇一一）七月十九日覆余電信並惠贈圖版。按：牟信已言及先生書贈詩作，文本與他本存在歧異。

對漢唐間即中國封建社會形成與前期發展的歷史規律作了高度的理論概括。"①按：此本何文未言來歷。存在他人妄改痕跡。試舉三例：不知"負鼓盲翁"原出宋陸游之詩②，而妄改"負鼓"爲"鼓腹"，導致"盲翁"無意義。此其一也。不知"應時需"乃常用語③，而妄改之"應世須"無出典，且"世"爲仄聲，此處宜用平聲，致有失律之咎。此其二也。不知"新貌"有出典④，而妄改之"新顔"爲時下流行語，且"顔"爲平聲，此處例用仄聲，而妄改形成之"開新顔"屬"三平"，更爲格律詩所忌。此其三也。此外，"商量七十八年事"與"一九八八年除夕"看似契合，實則反映妄改者不諳曆法。人所共知，公曆、農曆轉換往往跨年。通常，公曆一九八七年當農曆丁卯歲，公曆一九八八年當農曆戊辰歲，然則，農曆丁卯歲除夕爲

① 何德章：《唐長孺先生的學術與人生》，《光明日報》一九九五年一月十六日"歷史學"版。

② 宋陸游：《小舟遊近村舍舟步歸》之四："斜陽古柳趙家莊，負鼓盲翁正作場。死後是非誰管得，滿村聽説蔡中郎。"參陸游：《劍南詩稾》卷三三，《景印文淵閣四庫全書》第一一六二册，臺灣商務印書館，一九八二至一九八六年，第五二二頁。

③ 宋李吕：《澹軒集》卷一《送高丞别》："用賢世所急，君才應時需。"宋劉子翬：《屏山集》卷八《賀新任梁提舉啟》："材應時需，識周事變。"不具録。

④ 唐韓愈、孟郊：《納涼聯句》："感衰悲舊改，工異逞新貌。"參：王伯大：《别本韓文考異》卷八、魏仲舉：《五百家注昌黎文集》卷八。不具録。

公曆一九八八年二月十六日，農曆戊辰歲除夕爲公曆一九八九年二月五日。故知所謂“一九八八年除夕”，只能指丁卯除夕，不能指戊辰除夕也。而丁卯除夕，先生僅七十七歲，何來七十八歲耶？妄改者弄巧成拙，自露行迹，有如此者。誠然，此本也並非全無是處。題稱“感懷”，自較改自“舊作”之“偶賦”、“偶成”貼切。“滿城”與“廣座”對仗，亦較“山城”、“江城”與“廣座”對仗工整。然此係原本如此，抑係妄改而適中肯綮，則已不可知矣。

戊辰（一九八八）　先生七十八歲

是年，先生在武漢大學。春，得金克木和詩，覺金詩衰颯，以前韻酬答，頗有勸慰之意。初夏，中山大學召開紀念陳寅恪學術會議，敬賦三絕。除夕，又寫七律一首抒懷。

七律
疊前韻答金克木

扶衰卻病事全虛，哪有神方應急需？
偶爲談玄開卷帙，欣看新綠上階除。
門前山色風吹去，簾外桃花夢覺初。
海闊天空春浩蕩，忘情飛鳥與潛魚。

【箋疏】

此詩録自金克木《珞珈山下四人行》①。原本無題，題爲本書所擬。柳義南《記唐長孺教授遺詩數首》亦收此詩，除手民之誤外，餘皆同，題作"再贈金克木教授"②。唐剛卯家另藏先生手書，題作"戊辰春日疊前韻"，詩曰："扶衰卻病知全虛，哪有神方應急需？偶爲談玄開卷帙，欣看新綠上階除。窗前山色風吹落，枕外濤聲夢覺初。海闊天空春爛漫，忘情飛鳥與潛魚。"末署："拙詩兩首，于塵同志斧正，唐長孺。"此手書存在錯訛與不實，當係先生初稿。如"知全虛"爲"三平"，"吹落"不及"吹去"合理，先生住宅難聽"濤聲"，"爛漫"不及"浩蕩"大氣，"兩首"應爲"一首"之誤。故不取。

先生《丁卯除夕感懷》詩，金克木、柳義南皆有和作。金詩曰："七七春秋付子虛，微軀此日尚何需。少年衣食馬牛走，老境盲聾歲月除。愧對文壇陪座末，甘離教習

---

① 金克木：《珞珈山下四人行》，原載《光明日報》一九九四年十一月十九日，先後收入作者多部文集，如：《咫尺天顏應對難》，北京：人民日報出版社，一九九六年八月；《金克木人生漫筆》，北京：同心出版社，二〇〇六年六月；《金克木散文》（插圖珍藏版），北京：人民文學出版社，二〇〇八年一月；《游學生涯》，上海：東方出版中心二〇〇八年八月。此據《咫尺天顏應對難》，第四四至四五頁；《游學生涯》，第三一五頁。

② 柳義南：《記唐長孺教授遺詩數首》，《拾遺集》，蘇州市吳江市文聯，二〇〇九年五月，第一七七頁。

賦《遂初》。衰翁千里猶酬唱,應笑執筌未得魚。"金生於民國元年(一九一二),雖較先生小一歲,但依韻酬答,已是次年,亦七十七歲矣,故自稱"七七春秋"。金詩頹唐,較先生原作更甚,故云:"唐得和詩後又步前韻作一首。金詩衰颯,唐再和詩似有勸慰之意。"①柳詩題爲"奉和長孺兄丁卯除夕詩並步原韻",詩曰:"學富五車寧是虚,火州出土急時需。欣逢開國乾坤轉,步入坦途歲月除。巨著聲高非昔日,盛名傳世勝當初。遍栽桃李傾天下,廿四史中覓蠹魚。"②柳詩激昂,對先生頗多慰藉,故先生未再疊前韻續以酬答。

七絶

紀念寅恪先生學術大會敬賦　三首

其一

燕子翩翩王謝堂,穹廬天末見牛羊。

---

① 金克木:《琭珈山下四人行》,原載《光明日報》一九九四年十一月十九日,先後收入作者多部文集,如:《咫尺天顏應對難》,北京:人民日報出版社,一九九六年八月;《金克木人生漫筆》,北京:同心出版社,二〇〇六年六月;《金克木散文》(插圖珍藏版),北京:人民文學出版社,二〇〇八年一月;《游學生涯》,上海:東方出版中心二〇〇八年八月。此據:《咫尺天顏應對難》,第四四頁;《游學生涯》,第三一五頁。

② 柳義南:《記唐長孺教授遺詩數首》,《拾遺集》,蘇州市吳江市文聯,二〇〇九年五月,第一七七頁。

西涼舞伎龜茲樂，收入毫端説巨唐。

其二

勝義微言若有神，尋常史跡考文新。

先生自有如椽筆，肯與錢王作後塵？

其三

掩卷心慚賞譽偏，講堂著籍恨無緣。

他年若撰淵源録，教外何妨有別傳。

【箋疏】

此詩録自先生手書。其二之末句"錢"後原注"竹汀"，"王"後原注"西莊"，蓋指錢大昕、王鳴盛也。末署："戊辰初夏，中山大學召開紀念寅恪先生學術大會，敬賦三絶，後學唐長孺。"①關於先生三絶之涵義，嘗有不同解讀，姜伯勤《教外何妨有別傳》最爲全面。其言曰："唐先生少年學詩應接受散原先生影響。寅恪先生父親陳三立先生(散原先生)爲江西詩派。江西詩派作詩有'古典'，有'今典'。本詩第一聯乃用典指寅恪先生的南朝史(原注：'舊時王謝堂前燕，飛入尋常百姓家')、北朝史(原注：《敕勒歌》)研究，'西涼舞伎龜茲樂'則用典指《元白詩箋證稿》等唐代文化史研究。'尋常史跡考文新’，可以説是陳寅恪先生的‘絶活’，即不靠偏僻材料取勝，而以尋常史實考出新意。唐先生的新時代的新史學，堅持歷史與邏輯的統一，亦不步錢大昕、王鳴盛等乾嘉史學的後塵。長孺先生爲人謙虚，連在中大拜謁寅恪先生之事，回武大也没有説出來，但對陳先生‘覃思妙想’的創造性史學，卻懷着一種‘教外何妨有別傳’的願景。”①然余對三絶之解讀，與姜氏不盡相同。

先生三絶原有明確分工：其一寫陳氏治史領域與史學貢獻，其二寫陳氏治史方法與史學地位，其三寫己與陳氏史學之淵源及應有之關係。此乃詩家“佈局演陣”之道，不可不知也。先説其一。陳氏有《述東晉王導之功業》、《東晉南朝之吴語》諸文，故“燕子翩翩王謝堂”自應從東晉肇始，指彼東晉南朝史領域也。“穿廬天末見牛羊”則指陳氏北朝史領域。“西涼舞伎龜兹樂”雖與陳氏論隋唐制度三源特別提出之河西支派相關，但主要應指陳氏中西交通領域。“收入毫端説巨唐”作爲此絶結句，自應指陳氏綜合前三領域，撰成《隋唐制度淵源略論稿》、《唐代政治史述論稿》諸名著也。次説其二。“勝義微言若有神，尋常史跡考文新”謂陳氏治史，能從微言

---

① 姜伯勤：《教外何妨有別傳——從唐先生〈游潮州〉佚詩論唐先生詩學及其與金明館主的學術因緣》，《魏晉南北朝隋唐史資料》第二七輯(唐長孺先生百年誕辰紀念專輯)，武漢：武漢大學人文社會科學學報編輯部，二〇一一年十二月，第八頁。

曉勝義,從尋常史料見奇崛新知也①。"先生自有如椽
筆,肯與錢王作後塵"謂陳氏史學,足以自成一家一派,
不必遠追乾嘉,步錢王之後塵也。再説其三。"掩卷心
慚賞譽偏"須與下句"講堂著籍恨無緣"同讀,方能獲得
正解。蓋先生之治史方法,主要承自陳氏。李文瀾《難
忘珞珈憶恩師》記先生晚年與青年史學工作者聚會,介
紹個人經歷,談及陳寅恪,嘗言:"我受他的啟發很大,可
以説方法論方面從他那裏學了不少。"②即指此也。故先
生與陳氏,雖無師生之名,卻有師生之實。如此,先生自
是不能不在詩中提及乙未(一九五五)九月,陳氏收到先
生寄贈之《魏晉南北朝史論叢》,予先生覆函所云:"寅恪
於時賢論史之文多不敢苟同,獨誦尊作輒爲心折。"陳氏
固不知先生之治史方法多出於己,讚賞先生實同誇己,
或係誇彼能得己之真傳,先生卻係深知其奧者,故曰"掩
卷心慚賞譽偏"也。然此亦係無可如何之事,畢竟"講堂
著籍恨無緣"也。汪榮祖《義寧而後稱祭酒》嘗記:"長孺

① 宋王安石:《題張司業詩》:"蘇州司業詩名老,樂府皆言妙入神。看
  似尋常最奇崛,成如容易卻艱辛。"參宋李壁:《王荆公詩注》卷四
  五,《景印文淵閣四庫全書》第一一〇六册,臺灣商務印書館,一九
  八二至一九八六年,第三三八頁。
② 李文瀾:《難忘珞珈憶恩師》,原載《魏晉南北朝隋唐史資料》第二十
  一輯(唐長孺教授逝世十周年紀念專輯),武漢大學文科學報編輯
  部,二〇〇四年十二月,第六五頁,收入《文瀾存稿》,武漢:湖北人
  民出版社,二〇一三年三月,第三四四至三四五頁。

教授治史雖自具風格,脫胎義寧之跡,亦自可尋,所以我
最初誤認爲他們有師生之誼,後來承長孺教授面告,雖
無緣身列門牆,但自認是陳先生的私淑弟子。"①先生既
自認與陳氏係私淑弟子之關係,則企望"他年若撰淵源
録,教外何妨有別傳",自然成爲全詩最具點睛意義之結
句矣。

七律

戊辰除夕抒懷

江迴石轉數年華,呫嗶何曾誤有涯。
已覺微陽生大地,欣看寒木發春花。
鐘聲欲戀抛衣日,爐火猶温稱意茶。
但祝新年勝舊歲,災祥無待問龍蛇。

【箋疏】

此詩録自先生手書。第五句後三字原作"抛淺日",
後塗"日"改"衣",然"抛淺衣"不合律,疑原欲塗"淺"改
"衣",誤塗"日"上,故爲訂正。末署:"戊辰除夕賦,請
于廛我兄正律。唐長孺貢稿。"原本無題,題爲本書所
擬。吳于廛嘗次韻酬答,詩曰:"老去方知惜歲華,風懷
落落向無涯。微辭偶入三分木,小苑長宜四季花。晴日

① 汪榮祖:《義寧而後稱祭酒——悼念史學家唐長孺先生》,臺北《歷史月刊》一九九五年三月號,第八四頁。

看山書作畫,寒宵聽雪酒當茶。此生別有情深處,不學
屠龍不斬蛇。"末署:"奉和長孺老兄戊辰除夕七律原韻
乞正,弟于塵未定稿,八九年二月於同濟醫院。"農曆戊
辰歲除夕,爲公曆一九八九年二月五日,時間正相契合。

辛未(一九九一)　先生八十一歲

是年,先生在武漢大學。秋,寫七律一首,有感而
發也。

七律
辛未秋日感事

浮雲西北起秋風,黯澹河山在眼中。
可惜泰山輕一擲,坐看夕照斂餘紅。
興衰未必關天運,褒貶他年託至公。
收拾殘棋輸一劫,爭雄往事已朦朧。

【箋疏】

此詩録自先生手書,末署:"辛未秋日感事,于塵我
兄正律,長孺貢稿。"細味之,蓋與己巳之事相關也。先
生門生張弓、李文瀾皆因此去職。故雖事過兩年,先生
猶未釋懷也。

壬申（一九九二）　先生八十二歲

是年，先生在武漢大學。六月，與汪榮祖通二函，討論舊詞①。十月，寫七律一首，恭賀繆鉞九秩大慶。

七律

敬祝彦威先生九秩大慶

鄂渚論交鬢已蒼，冉冉年月數流光。
素雲黃鶴與遊戲，南極老人應壽昌。
早歲詞名歸晁柳，暮年史筆角錢王。
蜀山楚水長相憶，慚愧曠辰奉一觴。

【箋疏】

此詩録自先生手書。第三句"素雲黃鶴與遊戲"後原注"白石詞"，指姜夔《翠樓吟·淳熙丙午冬》："此地宜有詞仙，擁素雲黃鶴，與君遊戲。"第四句"南極老人應壽昌"後原注"少陵詩"，指杜甫《寄韓諫議》："周南留滯

---

① 先生是年六月十一日、六月二十八日，嘗寫二函致汪榮祖，討論舊作《解連環》、《霜花腴》二詞。見汪榮祖：《義寧而後稱祭酒——悼念史學家唐長孺先生》，臺北《歷史月刊》一九九五年三月號，第八七至八八頁。另參本書民國二十二年（一九三三）、民國二十九年（一九四〇）二條。

古所惜,南極老人應壽昌。"第五句"晁"後原注"小山",
"柳"後原注"耆卿",第六句"錢"後原注"竹汀","王"
後原注"西莊"。"晁"應爲"晏"之筆誤。晏小山、柳耆
卿、錢竹汀、王西莊者,晏幾道、柳永、錢大昕、王鳴盛也。
末署:"敬祝彥威先生九秩大慶,唐長孺。""彥威"者,繆
鉞之字也。繆鉞生於一九〇四年十二月六日,按舊曆,
"九秩"應在明年(一九九三),僅虚一歲,若在今年,則虚
二歲矣。然余二〇一四年五月下旬赴武漢大學講學,二
十六日專程往唐剛卯家核對材料,補攝一件先生手書,
文曰:"彥威先生史席:忻逢先生九秩大慶,率賦長律奉
賀。長孺年來目眚加甚,瀕於失明,作字粗具點畫,幾於
不可辨認,不敢假手他人,遂以劣詩惡札貢之左右,聊佐
壽筵一咲耳。耑此奉書,遥祝福履康強。唐長孺敬上。"
時間爲一九九二年十月三日。確在今年。蓋古人計生
辰,九十以上皆以虚二歲計也。故繫於此。

癸酉(一九九三)　先生八十三歲

是年,先生在武漢大學。春,寫七律一首,恭賀吳于
廑八十大慶。

七律

敬賀于廑尊兄八十大慶

雙修福慧信非虚,卻病扶衰計有餘。

美酒聊爲長壽飲,高名自有永生書。

遠遊仙侶心猶壯,老去朋交道不孤。

倘憶朱顏年俱少,纏綿往事半山廬。

【箋疏】

此詩録自先生手書,末署:"癸酉(一九九三)春日,于廑尊兄同志八十大慶,率賦長律,以伸私祝,不計工拙也。唐長孺敬賀。"按:先生另有此詩手書,作:"雙修福慧信非虛,卻病扶衰計有餘。把酒聊爲長壽飲,高名自有不朽書。遠遊仙侶心猶壯,老去交遊道不孤。卻憶朱顏共年少,纏綿往事半山廬。"末署:"癸酉(一九九三)春日,于廑尊兄同志八十大慶,率賦長律,以伸私祝,不計詞之工拙也。唐長孺恭賀。"此手書當爲此詩初稿。因先生另有一手書,正背有字,正面文字尚能辨識,爲:"今日奉上拙詩,竟然重出'卻'、'不'、'遊'三字,'遊'字還在一聯内重出。'朽'字仄聲不合律。荒率可笑,夜間才覺察,即改定奉上。'永生'與'不朽'意思相同,但卻很生澀,又不得不改。此上,于廑同志。長孺即日。"知爲先生寫致吳于廑修改此詩之信函也。背面文字部分有痕無墨,釋讀困難,經反覆辨識,略爲:"不□□□□□□,正□□□□□□。乾坤□□□初□。　　遠遊不覺心猶壯,老去猶欣道不孤。纏綿往事半山廬。"知先生原欲調寄《浣溪沙》,後因平仄格律問題,方纔改寫爲七律。可見先生創作詩詞之認真,猶如治史之一絲不苟也。"半山廬"爲武大早年單身教授宿舍,位於珞珈山北麓山腰,民國二十一年(一九三二)始建,翌年竣工,現爲全國重點文物保護單位。先生與吳于廑等初到武大,皆居於此。然此詩呈上不過二月,吳于廑即遽歸道山矣。吳于廑民國二年(一九一三)生,今年(一九九三)四月九日殁,先生之終生良友,亦余無限景仰之前輩學者也。悲夫!

甲戌(一九九四)　先生卒,八十四歲

是年十月十四日,先生因病醫治無效,不幸遽歸道山,享年八十四歲。先生先已自撰碑銘,並請啟功書寫。學界聞訊,皆表悲痛與哀悼。金克木有詩送行,周一良、田餘慶合撰挽聯哀悼,余稍後亦撰長聯寄託哀思。

碑銘

武漢大學教授唐長孺夫人王毓瑾之墓

生於吳,没於楚。勤著述,終無補。宜室家,同甘苦。死則同穴夫與婦。

【箋疏】

此碑銘係先生自撰。凍國棟《編年》繫於本年九月前,謂先生"已知身患絶症,坦然對之,並自撰銘"云云①。
曩日,先生與啟功過從,嘗見啟功自撰碑銘②,故亦自撰
碑銘,並請啟功書寫焉。何德章《回憶唐長孺先生》先
云:"在唐先生最後一次住進醫院前,他請啟功先生題寫
的自撰墓誌銘終於送達。"接録碑銘云云,文字與凍國棟
《編年》同③。即謂啟功所書墓銘,先生生前已見到。然
張志和《爲唐長孺先生寫碑文及墓誌銘》記啟功爲先生
書寫碑銘,時間爲本年十月二十五日,則先生生前並未
見到。不僅如此,張云:"墓碑正面文字:'武漢大學
教授唐長孺
夫人王毓瑾之墓。'碑陰各署其生卒年及唐長孺先生自作墓
誌銘:'生於吴,没於楚。勤著述,事無補。宜室家,共甘

---

① 凍國棟:《唐長孺先生生平及學術編年》,《魏晉南北朝隋唐史資料》
第二十七輯(唐長孺先生百年誕辰紀念專輯),武漢大學人文社會
科學學報編輯部,二〇一一年十二月,第五七六頁。
② 啟功自撰墓銘云:"中學生,副教授。博不精,專不透。名雖揚,實不
够。高不成,低不就。癱趨左,派曾右。面微圓,皮欠厚。妻已亡,
並無後。喪猶新,病照舊。六十六,非不壽。八寶山,漸相凑。計平
生,諡曰陋。身無名,一齊臭。"末署"一九七七年"。見啟功:《啟功
日記》,北京:中華書局,二〇一二年七月,封底内套。時先生在京整
理《吐魯番出土文書》,與啟功時相過從,故得見之也。
③ 何德章:《回憶唐長孺先生》,《魏晉南北朝隋唐史資料》第二十一輯
(唐長孺教授逝世十周年紀念專輯),武漢大學文科學報編輯部,
二〇〇四年十二月,第八七頁。

苦。死則同穴夫與婦。’”①文字“終”作“事”，“同”作
“共”，與前揭涷、何所録亦稍有出入。不知孰是？按：先
生自撰碑銘，以其樸實貼切，嘗廣爲流傳。如池田温《懷
念唐長孺教授》引述碑銘，謂先生“畢生勤奮著述，論著
宏富”，與碑銘記載甚相符也②。時賢引述碑銘，抒發感
慨，尚有不少，此處不一一列舉。

　　先生遽歸道山，學界嘗以不同方式，表達悲痛與哀
悼，贈詩撰聯者有：

　　金克木爲當年“珞珈四友”之一，又係先生妹丈，嘗
將贈程千帆舊作，“録下兼送唐長孺之行”，詩曰：“傾蓋
論交憶珞珈，西裝道服並袈裟。蟹行貝葉同宣讀，斷簡
殘編共歡嗟。池號‘幻波’波有夢，集成《漱玉》玉無瑕。
劇憐摇落秋風後，又向天涯送海槎。”自注：“‘幻波池’見
《蜀山劍俠傳》，‘漱玉’借李清照詞集指沈祖棻。”③

---

①　張志和：《爲唐長孺先生寫碑文及墓誌銘》，《啟功談藝録——張志
　　和學書筆記》，北京：華藝出版社，二〇一二年七月，第一二五頁。
　　按：張現任故宮博物院研究館員，與余有同事之誼。據張見告，彼爲
　　啟功關門高弟，啟功書寫碑銘時，彼適侍側，故有翔實記録也。
②　池田温著、涷國棟譯：《懷念唐長孺教授》，《魏晉南北朝隋唐史資
　　料》第二十一輯（唐長孺教授逝世十周年紀念專輯），武漢大學文科
　　學報編輯部，二〇〇四年十二月，第三四頁。
③　金克木：《珞珈山下四人行》，原載《光明日報》一九九四年十一月十
　　九日，先後收入作者多部文集，如：《咫尺天顔應對難》，北京：人民日
　　報出版社，一九九六年八月；《金克木人生漫筆》，北京：同心出版社，
　　二〇〇六年六月；《金克木散文》（插圖珍藏版），北京：（轉下頁注）

　　周一良、田餘慶合撰挽聯哀悼。然文字相傳存在歧異，並嘗在網上引發爭議。周一良《文革後的二十年》作："論魏晉隋唐，義寧而後，我公當仁爲祭酒；想音容笑貌，珞珈在遠，儕輩抆淚痛傷神。"①汪榮祖《義寧而後稱祭酒》作："論魏晉隋唐，義寧而後，我公當仁稱祭酒；想音容笑貌，珞珈在遠，儕輩抆淚痛傷神。"②胡寶國《讀唐長孺先生論著的點滴體會》作："論魏晉隋唐，義寧而後，我公當仁稱祭酒；想音容笑貌，珞珈在遠，吾儕抆淚痛傷神。"③按：三本之區別雖甚細微，卻無一正確而皆有問題。蓋"祭酒"用"爲"有坐實之嫌，不如用"稱"虛徐靈動，

（接上頁注）人民文學出版社，二〇〇八年一月；《游學生涯》，上海：東方出版中心二〇〇八年八月。此據：《咫尺天顏應對難》，第四五頁；《游學生涯》，第三一六頁。

①　周一良：《文革後的二十年》，《鑽石婚雜憶》，北京：生活·讀書·新知三聯書店，二〇〇二年五月，第一六二頁。

②　汪榮祖：《義寧而後稱祭酒——悼念史學家唐長孺先生》，臺北《歷史月刊》一九九五年三月號，第八四頁。按汪氏云：先生"去（一九九四）年十月中旬逝世於武漢。十一月，北大周一良訪美，我始得知唐氏惡耗。"則汪氏所録挽聯，係直接獲自周一良。據此推知，周一良《鑽石婚雜憶》所記"爲祭酒"，應爲"稱祭酒"之誤也。

③　胡寶國：《讀唐長孺先生論著的點滴體會》，《魏晉南北朝隋唐史資料》第二十一輯（唐長孺教授逝世十周年紀念專輯），武漢大學文科學報編輯部，二〇〇四年十二月，第一四九頁。

田餘慶等引述即作“稱祭酒”,是也①。“儕輩”與“我公”字面未對仗,“吾儕”與“我公”字面雖對仗,平仄未對仗,亦常識耳。如若改爲“吾輩”,則可與“我公”字面、平仄皆對仗矣。然該挽聯之平仄失律,非僅此也。“珞珈在遠”與“義寧而後”,亦爲字面對仗,平仄未對仗者。蓋大家撰聯,不以辭害義,固不必深究也。

余己巳(一九八九)決定撰寫《高昌史稿》,申請國家青年社會科學研究基金,先生爲第一推薦人,嘗親寫推薦書,曰:“王素同志對魏晉南北朝隋唐史具有深厚的學力,多年來參加新發現吐魯番文書的整理和研究,充分掌握有關本課題的材料,曾發表專著及論文多篇,多有創獲,是一位優秀的青年史學工作者。高昌郡和高昌國的歷史,史籍記載缺略。自吐魯番文書陸續發現後,數十年來中外學人頗多論著,但還没有利用新出資料,綜合前代成果,全面探索的著作。我相信王素同志的學力,能夠完成本課題的研究,填補這一史學上的空白。特此推薦。”乙亥(一九九五)冬,本書《統治編》初竣事,先生已不能親見,余心中悲痛,撰聯曰:“六十年絳帳傳薪,集成吐魯文書,共守指歸開後學;八千里深衣受命,泣捧高昌史稿,獨持心喪祭先師。”表達對先生的無限崇

---

① 田餘慶:《接替陳寅恪,樹立了一個新的路標——〈唐長孺全集〉首發式上的發言》,原載《中華讀書報》二〇一一年七月六日第十五版,收入《師友雜憶》,北京:海豚出版社,二〇一四年六月,第六八頁。

敬與深切思念①。

　　古人有"三不朽"之説。所謂"三不朽"者，立德、立功、立言也。先生素爲長者，身逢亂世，無虧名節，待人接物，有口皆碑，是謂立德；門生及再傳門生幾遍天下，率多學有所成，相互砥礪，不墜師法，俾"武大唐門"得以嘯傲史林，是謂立功；文史兼通，著作等身，文足以載道，史足以開宗，著作足以與山河同固，是謂立言。先生可以不朽矣！

①　王素：《高昌史稿·統治編》，北京：文物出版社，一九九八年九月，第三至四頁。

附　錄

一　《月明之夜》“小引”

歐金奧尼爾 Eugene O'Neil 是一個表現社會和時代的作家[①]。他殘酷無情地抓住社會的種種醜惡,用他的辛辣的筆調細緻地刻畫出來。每一部戲都充分地表現那些平實的,普通的;然而奇怪的,異常的一切現實之真相。他只是表現,並不是糾正,而所表現的卻是最真實的内心觀察,具體地接受現實給他的刺激。但他的手法多少有點離奇和浪漫。他的文章充滿着夢幻似的情境,詩和哲理的氣味,徹頭徹尾,一行一字都有筋節脈絡調節。他寫日,寫海,寫愛,美麗的場面後面卻躲着污惡的種種。生,死;愛,欲;真偽;美醜的描寫,永遠在他的筆頭下。

他努力擺脱了許多傳統上的規律,有時卻又把久被沉埋的廢律,插入他的現時代的,新奇的作品裏。擺脱的,與拾起來的廢物,反而增加了他作品的力量與更善

[①] “O'Neil”之“N”原作“n”,應爲手民之誤,此處徑改。下同。

美的運用。他儘量把黑人土語和水手俚語加入對白,這
固然使讀者陷於困難,而在另一方面卻有相當地成功。

　　奧尼爾于一八八八年生於紐約。他的父親名傑姆
士奧尼爾(James O'Neil)是個演員。小奧尼爾跟着他父
母東跑西走,過着戲班的流浪生活。他在一九〇六年進
普仁斯頓大學①,過了一年就被開除。他熱戀着航行的
滋味,因此他到過西班牙,到過阿根廷,到過南非州並且
學會了水手的俚語。

　　一九一二年養病時,寫成了那本《以妻易妻》A wife
for a wife 的劇本。一九一四年,又進哈佛大學讀戲劇。
一九一六年他的劇本 Bound East for Cardiff 開始排演。
一九一八年他和阿尼司蒲登結婚。一九二〇年,他的
《天際線外》在紐約排演,並獲得普利滋(Pulitzer)獎金。
從此以後一帆風順直到去年又得了諾貝爾獎金。本書
《月明之夜》是他一九三四年作品。

　　他有一個長長的身材,長長的臂膊。兩撇小鬍子。
眼睛大而亮得像發火般地。他很沉默,很羞怯,卻又有
點神秘,他一生只看過三次自己劇本的上演。

　　　　　　　　譯者〔民國〕二六年四月三十日

　　(録自本書民國二十八年四月再版本第一至二頁)

────────

① “普仁斯頓大學”之“學”原作“會”,應爲手民之誤,此處徑改。

二 《佛蘭克林自傳》"小引"

　　佛蘭克林不僅在功業上道德上足以使他的自傳增重，論其文章也是傳記文學中有數的作品。他明確的語意與流利的筆調，把瑣屑的難狀的事物毫不費力地記述出來。他没有超越的哲理與玄妙的靈感，只是質樸地把這末樣事這末樣説，然而他唯一的長處是盡情事於萬端，諧句意於兩得，不奢不儉，恰如分際。他不是個詩人，卻是個科學家，並且一生的遭遇，由印刷工人至晚年的地位也是循途守轍，並没有什麼拂逆或奇遇，他事業上的成功，就是他文學上的成功，所以我們不能在他的作品裏——不僅自傳——找到奔放的熱情或蕭閒的風致的。

　　除了文學的欣賞之外，他的自傳還有多種的價值。他一生恰處于殖民地的結束，合衆國的開始之間，這是個不尋常的時代，當時人民與地主的争執，英法權利之衝突，美洲文化之開發，等等事情差不多都與他有關，而他的自傳便是詳明的講述這些事實的記録，所以很可作美洲開國史讀。另外一種價值是他的立身處事，確乎不拔，足爲後人的楷模，這也是他所自期的。

他于一七〇六年生於波士頓，一七九〇年死於賓夕尼亞。這時美洲獨立已有十五年了。

這本自傳的第二部分是在他當美洲代表住在英國的時候寫的——一七七一年。其時他住在聖阿薩主教約納薩博士的家里。他從一七〇六年生時寫至一七三〇年結婚時爲止。他說爲了要取悅於自己的家庭而寫的。後來因爲他朋友的勸告，他又繼續寫下去。第二部分比較簡單一點，其時他正做駐法大使，所以在法國的巴息地方寫的。第三部分開始於一七八八年的八月，其時他回到費城的故居，就在那裏把自傳寫到一七五七年。後來在一八八九年，他死前的一年，又寫了不多幾張，可以稱之爲第四部分。這本自傳就止於此了。

一七五八年至一七六二年他做賓夕尼亞的駐英代表，經過三年的努力，終於把地主與議會之爭暫時緩和下來。一方面又因爲他的勸告，在英法戰爭中使英國保有加拿大直至現在。一七六二年的冬天他回到費城，這時巴克斯頓人正在慘酷地屠殺印第安人，他一回來就立刻止住了這個不人道的行爲。這時議會與地主爭端又起，於是一七六四年的冬天又派他到英國去代表議會向國王請願。然而英國卻正想向美洲徵收一筆大宗的稅額，佛蘭克林奉了議會之命叫他與各州合作請英國放棄這個計劃,於是地主擴大了,推到國王身上,賓夕尼亞也擴大了,推之於全美洲。結果美洲抵制英貨,兩方的裂痕便愈弄愈深,直至于美洲的宣佈獨立。他極願意消弭這次的事端,以挽救英帝國之錯誤,可是始終沒有成功,反而給英國人罵爲敵人。在一七七五年他悄然回到費城了。一七七六年受任爲駐法大使,請求外援,這件事他得到大大的成功,促成了美洲的獨立。他在法國住了九年,備受法國人的敬重與親愛,直到一七八五年才由議會議決准許他回國。獨立了以後的美國什麼事情都混亂,缺乏力量,於是這位綜核名實,經緯萬端的老人不能有休息的工夫了。在他回國以後不多幾月就被公舉爲賓州的立法院長,連任了三次,同時在一七八七年、又兼任聯邦制憲大會的代表,兩院制就是他提議的。一七八八年以後他過着退閒的生活,到一七九〇年的四月裏以八十四的高齡逝世了。

他死了以後五十年,自傳的原稿才被發見,其間會經歷無數的阻難,尋覓熱心的希冀,膽小的藏匿與惡意的中傷,終於在一八六八年刊行。我們若知道一八六七年畢極洛先生在巴黎以二萬五千法郎購得手稿時如何欣喜,就明瞭這本完善的本子實遠勝於以前所刊行的了。

這一本書的版本很多,本書所依據的原本是牛津刊行的,也就是畢極洛獲得的原稿本。

譯者一九三八・一月十三日

(錄自本書民國二十八年四月初版本第一至三頁①)

---

① 按:先生所譯《佛蘭克林自傳》,己丑(一九四九)後,特別係近年,嘗
屢經再版,然均改名《富蘭克林自傳》,並將此"小引"删去。故本書
特別錄出,以饗同道。

三 《新中國》"告本書讀者"

一提到中等學校的英文讀本,誰都會聯想到《新中國》這麼一本書,可見這册英文書流傳之廣,無意中已經握得了中國學生必讀書籍的地位了。事實上《新中國》也自有牠成爲權威的英文讀本的原因:

(一)《新中國》的文理淺顯,文句實用,頗合乎一般中等學生的口胃。

(二)《新中國》的思想純正愛國情緒濃厚,頗適應新時代中國的環境需要。

(三)《新中國》的編制完善章節顯明,頗便於分段教讀。

(四)《新中國》的内容和結構,都是依照三民主義的教育爲規範的,從愛國愛家鄉説起,一直到和平守秩序爲止。其中對於民權和民生的問題,也頗多發揮。

總之,《新中國》是一册完善的英文讀本,也是一册可讀的公民書籍。可以當英文讀,也可以作公民課本讀。因此,一般中等學校的英文教師都很歡喜把它選作英文讀本。

據統計《新中國》自從初版問世迄今,差不多已有十年。已經不知推行了若干地方,經過了多少學校當軸的採用；中間曾經原著者增訂過一次，把最近中國政府的機構，也都詳細列入，才成爲目前這一册《新中國》。

《新中國》的原著者 H.B.Graybill 是美國人，曾在中國傳教數十年，對於中國的情形有着深切的認識和不可等閑的同情心。《新中國》之所以能够成爲《新中國》，也就是因爲他在書中所流露的那種同情心，對於中國學生引起了驚人的反響。

本書所以要譯成漢文，而且又排爲對照，乃是要便利讀者的研習英語。並不是給讀者在閱讀時，多增加一點偷懶的便利，這是要請讀者萬勿誤會的。至於註解，也已力求詳盡，做到了註解的能事。讀者可以隨時去觀摩體驗。

本書取名《新中國》，顧名思義，當然是一册新時代中國的寫照，一服新中國青年的强心劑。譯者但願這册書流傳之廣，能與新中國青年活躍的朝氣並傳不朽。至於中國青年爲什麼不能讀一本國人自編的英文讀本，而須借重於客鄉的著作，那是英文讀本的稿荒問題，也是整個中國英文界的大問題，這裏可以姑置不論。

（録自本書民國三十六年六月三版本第一至二頁）

四　《威克斐牧師傳》"小引"

　　高爾斯密斯(Oliver Goldsmith)生於一七二八,他的父親是愛爾蘭的一個窮牧師,一七四五年,高爾斯密斯進入杜白林大學肄業,因爲家境清寒,一切費用,全賴筆耕自給。後來又到愛丁堡去學醫。一七五四年,出國遊歷,二年後才回來。回國時,衣袋中連一個辨士也没有。不久,他爲一個出版家所僱用,才開始了他真正的寫作生活。

　　高爾斯密斯的作品,無論小説,劇本,或詩歌,都真樸可愛,流利明白。《世界的國民》(Citizen of the world),是他的第一部成功作,内容叙述一個中國學者,遊歷倫敦,給他北京朋友的許多信,講到他的倫敦及英國生活的印象,《旅客》(The Traveller)及《荒村》(Deserted Village)使他成了一個不朽的詩人。《旅客》記述他旅行時所見的各國的景色及風俗,叙寫得很可愛。《荒村》是一篇非常柔和美麗的詩。叙一個旅客回歸了故鄉,而這個鄉村卻已荒蕪了? 他在村中漫遊,回憶着往事,心中充滿了悲戚。此外他還寫了幾篇喜劇,如《好人心》(Good Natured man)及《卑謙求勝》(Se Stoops to Conquer),都極有名。

《威克菲牧師傳》(The Vicar of wake field)是高爾斯密斯平生最愜意的作品,故事生動,亦莊亦諧①,舉世各國,没有一個人不喜歡閲讀它的。英國大文豪司各脱(Sirwalter Scott)説:"《威克菲牧師傳》,確是一部世所罕覯的佳作,我們讀它,無論在少年或老年,純潔的天性,不期然而然地流露出來。"德國大詩人歌德(Goethe)説:"《威克菲牧師傳》對我的影響實在太大了,諸如意懷他人的過失,忍受各種的磨折,養成至上的美德,都是我所需要的優良的教育。"據説,本書中的牧師威克菲,就是作者高爾斯密斯的寫真。

《威克菲牧師傳》因爲文義較深,所以筆者註譯時,特别審慎,除以淺近流利之華文,逐句對譯外,所有生字難語,均另加注譯,務使讀者既省翻閲之勞,又得暢曉之樂。

筆者才疏學淺,謬誤處在所難免,尚望海内宏達,不吝指正。

一九四一春編者謹識於上海

(録自本書民國三十 年三月三版本第一至二頁)

---

① "亦莊亦諧"之"莊",原作"若",應爲手民之誤,此處徑改。

五　記湘行及國立師範學院

　　一九四一年冬,太平洋戰事起,日軍據上海。余時任教於聖瑪琍亞女中及光華大學。光大解散,聖校則將於汪僞之上海教育局註冊。余不欲留上海,因吕師誠之之介,受湖南國立師範學院之聘,間道入湘。同行者爲劉世杰表弟及其姊并姊之子女。時上海旅行社林立,皆以護送赴內地者爲業。其人類皆於所經途中有親識,與敵我兩方之鄉村主事者相結,故往來得無阻。各旅行社所結連之人與地不同,故取道亦異,然大抵皆經浙東以至金華。

　　余與世杰等及他客可十餘人,於三月中先至杭州宿,次日渡錢塘江,有小船相候。至一鄉村,入一家,其家有瓦屋,有廳甚大,即在其家飯。待至夜半,復乘小舟行。護送者曰:"過此十許里即封鎖綫,有日寇於山上築堡守之,然夜間日寇不敢外出,時或鳴槍,乃所以自壯,毋恐也。"既而過一橋,有鐵絲網攔之,然網已破裂,船過無礙。橋畔山上日寇之堡在焉。遥聞日寇喧呼,若有所見。護送者又曰:"此皆虛聲恫嚇,非真有所見。"囑客勿驚。逕刺船行。又若干里,天明至一地,則爲我軍守地矣。然實無兵。一便裝佩紅纓匣子砲者,挾從者數人至,護送者與語,亦不知作何語,其人揮手謂從者曰:"此舟有女眷,諒非奸細,任過可也。"於是復刺舟行。至臨浦。一宿,易大船行。夜宿船中,至諸暨。一宿,次日晨,以人力車至金華。護送者男子一人,至臨浦時已行;一婦人回,隨船送至諸暨,次日謂余等曰:"此去至金華,①。"遂亦別去。

　　余與世杰姊弟至金華,寓一小客店。世杰有親識在麗水,往麗水訪之。余恐資斧不够,電師範學院滙千元來。待一週,世杰已返而滙款不至。世杰謂若旅資不敷者,彼可假貸,於是遂行。時火車僅至鷹潭,若更南行,必易乘汽車。到鷹潭後,至汽車站,則云登記者多,一月後始有望。鷹潭本小鎮,其時旅客紛至,當地人構屋,覆以蘆席,聊蔽風雨,余等及他旅客大抵皆寄宿於斯。然膳食頗不惡,麵亦佳,價甚廉。在金華時,火腿、香腸皆廉,至鷹潭食麵亦不惡。旅客或告余,久待公共汽車,不若爲黃魚者。黃魚者,商人載貨之車,司機者私載客,名客曰"黃魚"。世杰問訊,或者載客已滿,或價不諧。候車十餘日。一日,有空襲警報,人皆去避,余等伏於田野間。久之,無所聞,遂返。經汽車站,見有車在站外,無乘客。世杰入問站長,則曰:"車當即行,而持票者皆避

---

① 　此處逗號下無文字,轉行句號上有殘筆,應有闕文,似告往下皆爲坦途,無須再行護送。

空襲，不能久待，可即購票上車。"余等遂徑返旅舍，怱促以衣被諸物納行李袋中，急往車站，則車猶在，遂購票上車，他客亦繼至，客滿，車即行。

車第一日至南城宿，次日至南豐宿。余見牆上乃有我黨標語，蓋當日中央蘇維埃所書。撤退後，國民黨入踞其地，以石灰掩之，久之石灰脫落而標語現。又一日至寧都宿，所居爲陶陶招待所，門對翠微峰，明末魏禧等讀書處也。次日至太和，時爲江西省治。車至太和而止，入湘須易車。太和購票甚易，逗留僅二日即行。第一日至耒陽，次日至衡陽。到衡陽時已昏黑，大雨如注，旅客大都冒雨渡湘江入市。余等衣履皆濕，急欲得棲身之所，訊知近處有旅舍，乃雇人力車往。同行者有吳姓夫婦，及其表弟蘇州人張姓。旅舍甚寬大，布置楚楚，自發鷹潭，寄宿之所無如此處，而旅客寥落，頗怪之。後始知機場在北岸，日寇屢炸機場，故旅客不欲居停。

吳姓之婦詢知余爲吳江人，因言彼本籍紹興，幼時寓居盛澤。紹興人留盛澤者，多開設染坊。余詢之，彼笑而不言。晚間張姓少年來我室談，始知爲邵力子之女及壻。其壻在曲江中國銀行任職，即當赴曲江云云。

世杰及其姊赴重慶，共渡江購票。移寓南岸一宿，與世杰等別。

余乘公共汽車赴邵陽。既登車，鄰座一人告余，至藍田不必至邵陽，可於宋家店下車，距藍田較近，從之。

在宋家店宿。由此至藍田，行山間無車，途程可百里。余欲雇人挑行李行。店主告余，山路崎嶇，視客文弱，不如雇轎。次晨，遂以轎行。聞宿此小旅舍者，有一兵押運油衣，油衣置車上，曝日中，忽得起火，油衣頗多燒損，押運之兵惶懼，謂受罰且不輕。店主及他客願爲作書證明。時方四月，未甚炎熱，而遽有此事。此押運之兵不幸遇此，雖有證明，受罰恐不免，甚爲憂之。有木牌上書，前數日，有客至此遇盜，一客被殺，懸賞追捕。乃知此道爲盜匪出没之地。荷轎者言，盜初不傷人，任劫財物，或偷所服之衣，名曰"趕羊"，此殺人殆與之抗争。是日行至四家坪宿。次日午前，即至藍田鎮。

　　國立師範學院置於一九三九年。院在安化縣屬之藍田鎮，鎮傍漣水，市多染坊，藍田之名殆即因此。師院初建大樓一，又圖書館一，學生及教師宿舍各一①，又賃大宅曰李園及他民房以居教師。李園者，籌安會六君子之一李燮和之居。宅甚大，然結構皆陋，窗皆紙糊，無玻璃，地無木板。余先所居爲金盆院，亦民房也，簡陋如之；後得居教師宿舍樓。院長廖世承（字茂如）②，前中央大學及光華大學教授，兼附中主任，故教師多出自此

① "舍各"原誤作"各舍"，據文意乙正。
② "字茂如"原作雙行小注，此爲區别，暫置括號内。世承字茂如，江蘇嘉定人，教育家。來藍田前，原任光華大學副校長，故先生特别提及。下文凡雙行小注，均置括號内，不再出注。

二校。設有教育、中文、史地、公訓①、數學、化學②。其教育系有高覺敷、陳一百，其後孟憲承以部聘教授亦來，於時爲盛。

中文系有劉豢龍③、馬　　　④、駱鴻凱、鍾鍾山⑤、錢基博諸公。劉爲王壬秋弟子，馬（主任）爲章太炎弟子，駱爲黃季剛弟子，鍾則講理學者，錢以古文著稱，皆一時名宿，然並汲古而不通今。吳世昌於一九四二年末來，授中國文學史，即用錢子泉講義⑥。錢之文學史始于《易》⑦。始授課，學生即以八卦質難。吳於卦爻惘然不能對，值半歲，即不安其位而去。

史地系，余至時無主任。始建校時，即延請呂誠之師，誠之師方爲光華歷史系主任，謝不應。繼又請李劍

---

① "公訓"爲"公民訓育"之省稱。

② "化學"後疑脱"等系"二字。因國師初設七系，"中文"即"國文"，"化學"即"理化"，先生未舉"英文"系也。

③ "劉豢龍"名異，字豢龍，號雋禮，湖南衡陽人，經學家。

④ "馬"後原空二格，係先生一時忘名，欲留待他日填補者。此公名宗霍，原名驥，字承堅，湖南衡陽人，經學家、文字訓故學家。

⑤ "鍾鍾山"名泰，字訒齋，號鍾山，別號待庵，江蘇南京人，哲學家、古典文學家。

⑥ "錢子泉"即錢基博。基博字子泉，號潛廬，江蘇無錫人，國學家，學者錢鍾書之父也。先生下文曾專門提及，可參閱。

⑦ "文學史"原作"文學學史"，衍一"學"字，徑刪。

農先生爲主任,劍農先生亦辭。後以謝某任之①,其人學
術不足云,一歲亦去。余至院已四月末,未開課。史地
系授中國古代史者爲梁園東及姚公書(字琴友),授西洋
史者吳某及余文豪②。地理則有鄧啟東、勵鼎勳(字則
堯)、王炳庭。姚本前中央大學歷史系助教,柳翼謀弟子
也。久不升講師,來國師初爲副教授,是時已升教授。
鄧、勵、王則皆前中央大學地理系卒業者。梁早歲從事
革命,研習馬克思主義。是年暑假,去國師至大夏大學。
其去也,聞以思想左傾故。余文豪卒業何校,已忘之。
其人爲青年党人,前主任謝某亦青年党人,薦之,妄言曾
留學美國。其尤重留學③,不問學業若何,例得教授。然
余實不學,學生浸薄之,而留學美國之妄,漸爲人所知,
同事皆罕與之接。然妄言留學,實出於謝某,余本不知
也。吳某不知其所從來。余始至,院中同事皆不相識,
亦無人爲余紹介。久之,始與同居一寓舍者稔習,而於
系内諸同事猶甚疏。

暑期,國師於南嶽爲中學教師開設暑期講習班,余
亦與焉。與姚琴友同行,因得相稔。初至南嶽,余即患

---

① “謝某”應指謝澄平,西洋近代史專家。
② “吳某”應指吳澄華,福建同安人,西洋經濟史專家。
③ “尤”上原有“凡”字,似被圈塗,不録。“重”字僅存上面一撇,據文
意補全。

痾,旬月始痊,而講習班已訖事,竟未一上講堂。講習班在聖經書院。臥病月餘,將返,始與琴友登祝融峰觀日出,並及他勝地。然南嶽唯氣勢雄耳,乏樹石林泉之勝。

返校後,李劍農先生及皮名舉皆來。皮任主任。劍農先生爲一時碩彥,授中國經濟史及中國近百年史,居教師樓,與余相鄰,朝夕相接,余一生治學,得先生之益者非淺。皮卒業於清華大學,哈佛大學博士,歷任南開大學及西南聯大教授,經學家皮鹿門之孫也;以家在長沙,故就國師之聘。此時來國師者,尚有熊德基,江西人,西南聯大師範學院畢業。初至時爲教員,次年升講師。德基能詩,尤與余稔。其時梁、吳及王炳庭均已他去。

國師教師,例皆授課三門。余任本系及外系中國文化史(實即中國通史),又本系中國中古史。中古史者,自秦漢以訖五代。宋元明清爲近古史。余本習遼金元史,其治魏晉南北朝隋唐,實始於此時。次年,又任近古史,然僅至宋遼金元,而余赴樂山,明清部分,未及講也。

藍田僻左,報紙數日始至。初至時尚有《新華日報》,其後絶不見①,音訊閉塞。與上海郵信尚通,踰月乃達。其時法幣貶值,物價日昂,國師教師恃工資爲生者皆窮困。余孑身一人,膳食外無他用途,故猶得支濟。偶亦有餘,則請同事有親友在滬者滙寄。來時所攜服裝

---

① “見”字原被圈塗,但無此字不成文,因保留。

差備，一二年間無待購製。唯襪破，藍田但有粗綫所製之襪，甚長；又破，則剪去而縫其端。内衣破亦縫綴之。藍田無電燈，戰時無煤油，然有特製之植物油燈，狀如煤油燈，而中間貯油處有小孔十餘，燈芯如煤油燈，燃之較舊時油燈爲明亮。夜間讀書及寫講稿皆恃此。

國師爲教育部直屬之校，控制甚嚴。梁園東以思想左傾而去。教育系有劉佛年，亦以此解聘。時有人密告國師有共産黨甚多，並及教育系教授謝扶雅①；謝曾留學英國劍橋，其人絕無左傾思想。每週一有紀念週，由院長或他教師作報告。余初至時，隨衆入場。一日，院長偶言及"蔣委員長"，學生中忽有多人起立，於是全場皆起立。前此余未嘗見有此②，自是遂不復到場。

自劉佛年解聘後，教師有以入國民黨爲自安計者。居此令人不樂，遂決意他去。會武漢大學文學院長劉弘度以書遺李劍農先生，請其介紹歷史系教師，遂因劍農先生之薦，受武大聘。時在一九四四年春。

余在國師二年，史地系同人皆友善。劍農先生治經濟史及中國近代史，爲一時碩望，余治魏晉南北朝隋唐經濟，實受劍農先生之啟迪。鄧啟東與余交尤深。姚公書、熊德基、勵則堯、梁希杰諸君並於此時訂交，時相過

① "謝扶雅"時任公民訓育系教授，恐非教育系教授也。
② "未"原作"未未"，衍一"未"字，徑删。

從。數學系有李脩睦,中文系有錢子厚(名堃新)、彭鐸
(字炅乾),皆同居教師樓,朝夕晤談者也。啟東湖南新
寧人,公書江蘇興化人,則堯亦蘇北人,德基江西德化
人,希杰即藍田人,脩睦淮北某縣人①,子厚揚州人,彭鐸
湖南寧鄉人。

　　錢子泉之子鍾書,曾一至國師,余來藍田,已去昆
明,受西南聯大聘。鍾書博學,曾作小説《圍城》,中言
"三閭大學"事。三閭大學者,國師在湘,而西南聯大爲
北大、清華、南開三校之聯合②,中所述頗多涉國師及聯
大諸教師事。

　　　　　　　　　　　　　　　　　(見圖一九)

①　李脩睦爲安徽和縣人,和縣在淮南,不在淮北。
②　"三校"原作"三校三校",衍"三校"二字,径删。

六　入蜀記

余於一九四四年春,受武漢大學之聘,時武大遷在四川樂山也。既而湘桂戰事起,日寇陷長沙。學校謀遷湘西,提前放假。師生之湘籍者皆返鄉。入蜀必經湘桂路,日寇方攻衡陽,聞火車僅通至冷水灘。啟東新寧人①,謂余可至其家轉冷水灘。時有新寧學生數人歸鄉,因與偕行。同行者尚有一段姓老婦,周南女中之職員也;又有夏姓女,爲周南中學學生②,亦新寧人,嫁陳氏。啟東猶以事未行,其夫人子女則先已返,並約於新寧之回龍寺相晤。

次日抵邵陽③,暫止逆旅。邵陽城中人皆謀遷鄉,舟轎皆無雇處。市上人往來忽遽,一若不保朝夕。入夜,

---

① 先生本文寫於前揭《記湘行及國立師範學院》文後,故前文提及之人,本文皆用省稱。此處"啟東"指鄧啟東,湖南新寧人,先生國師同事兼好友也。下文"脩睦"指李脩睦,"弘度"指劉弘度,亦並見前文,不再出注。

② "周南中學"即前揭"周南女中",爲長沙名校,教育家朱劍凡一九〇五年毀家興辦,以《詩·周南》"周之德化先被南方"之義命名,革命者向警予、蔡暢、楊開慧,作家丁玲、胡佩方,中央研究院院士趙如蘭,中國工程院院士鍾掘,馬英九之母秦厚修等,均出該校。

③ "次日"上原有"□於回心□相"等字,似原欲在此處寫"約於回龍寺相晤",因脫"新寧"二字,又將"龍"誤寫成"心",遂作廢,故不錄。

諸生覓得一舟，駕舟者爲新寧人姓夏，余與段、夏登舟，諸生則委行李舟中，徒步而返。舟逆芷水而上，一日不過十餘里，遇雨則停舟以待。芷江兩岸多山，山水映發，景物絶佳。所經村落，寧謐若不知有戰事。行數日，始抵回龍寺，亦一村落也。啟東約於劉姓家相晤，余與夏女乃登岸，入劉宅，則啟東已至。啟東後余二日行而先至，則舟行緩也。啟東行時，聞國師將遷漵浦云。是夜寄宿劉氏。

次日與啟東偕行，行李置船中。段姓老婦纖足不能步行，猶留船中。此間橋之大者，上皆有亭，有人於此賣茶，行久力乏則息於橋亭。所經見有陸羽祠，大書橫額曰"作唐一經"。是夜，投宿李姓家。李姓者曾任福建某縣長，款客甚殷勤，余與啟東共宿一室，即主人之寢室也。床上有臺灣所出草席。門外綠草如茵，牛犢四五，或臥或齕草，風景如畫。又一日，宿蕭姓家。夏氏女之夫家亦即在此，遂別去。是日途中遇雨，衣履皆濕，主人設炭盆烤之使乾。又一日抵白沙，啟東家在焉。寓啟東家二日而船始至。段姓老婦壻女在新寧縣中，仍乘舟上溯。是日，脩睦、彭鐸及數學系講師李新民及其未婚妻譚（中文系本屆畢業）均來。鄧氏屋小不能容，移居於小學課室中，時值暑假，校中無人也。余等並席地而臥。

自發藍田七八日間，於戰訊一無所知。至是，始知衡陽尚堅守未陷。火車仍通至冷水灘。余亟欲西行，而由新寧至冷水灘或東安,不通舟車,中隔山嶺,時有寇盜掠旅客行李。余孑身無伴,不能遽行,在白沙逗留殆月餘。其間一至新寧縣城。湘軍將帥劉長佑、劉坤一皆新寧人,兩家比屋而居。其他任提鎮又數人。坤一家富,後裔大抵無賴不讀書,爲鄉人所惡。長佑之後,弘度先生治文學,某治古建築史①,並執教大學,有盛譽。弘度之姪與啓東少相友善,大革命時即加入共產黨,其後被捕,陷囹圄中七八年,西安事變起,蔣介石被迫抗日,大赦政治犯,始得出,解放後曾任教育部副部長②。南中學③,啓東曾任校長,校董劉某,亦弘度姪也,於校役妄相待。新寧地鄰粵西,於縣城高處南望,山林絕秀麗。

居白沙月餘,戰事寂無聞,無報紙可閱,並無收音機,然頗聞日寇投擲炸彈聲日益近,蓋其時衡陽殆已不守,而新寧仍晏然不知也。忽有訊言東安有庫儲鹽甚多,云將開庫任人取攜。於是白沙鄉人數十④,持縣鄉文牒,荷擔而往,余因得隨行。爲首者唐某,以余同姓,甚

---

① “某”不詳所指。新寧劉氏治古建築最有盛譽者,莫過於劉敦楨,先生或指此公乎?
② “弘度之姪”指劉子載,一九二六年入黨,曾任高教部副部長,一九七二年被迫害致死。
③ “南中學”前疑脫“新寧楚”三字。鄧啓東曾參與創辦新寧楚南初級中學,並任校長。
④ “人”原作“人人”,衍一“人”字,徑刪。

關注，山行險峻，則以二人扶掖而上。暮抵東安，凡溝口荷擔行李，皆唐某相助，並送余上車，可感也。

　　既上車，則幾無隙地，余有行李，又不能捨之，覓座甚窘。忽一少年呼余，視之，知爲國師學生，自云何某，本體育系畢業，因言馬志琳亦在臥車上，請余往，遂助余挈行裝行。至臥車，則志琳攜其妹與何君同應廣西宜山師範學校之聘。余方苦無伴，見之甚喜。彼三人各有榻位。余日間山行殆六七十里，疲極，遂偃臥榻上。既而車長來，謂旅客多，命皆坐，毋得臥。余困極，雖起坐，猶得倚壁假寐。至柳州，當易車，止宿旅舍。余本當逕至獨山。志琳謂路途勞頓，請偕至宜山稍停數日。余因前日跋涉山間數十里，當日尚不覺，次日至柳州下車，則足脛酸楚，步履甚艱。在旅舍沐浴安臥，雖稍差，仍不良於行，因諾之。

　　至宜山，遂共赴師校。宜山，山谷貶謫地也。昔誦山谷詩，不意親至其地。國師體育系學生有先在宜師任教者某君，相待均極殷勤。停宜山三日，始乘車赴獨山。何君與體育系某君送余，至車站有溝，適大雨溝溢，某君背負余躍過。某君與何君雖爲國師學生，平時素不相接，而待予尊禮甚至，尤爲可感。上車後，旅客擁塞，不獨座無隙地，並地上亦皆堆積行李，旅客皆坐行囊上，余亦如之。宜山至獨山不過一日程，而車行時停，每停車或至數小時，蓋皆待運兵之車。如此，凡五日始達獨山。

上車第一日,尚有飯或麵供應;次日則並水亦竭。然車停,必有鄉人持餅餌或飯,並有雞蛋、排骨售之於客。□則有茶水①,故無饑渴之患。又有以盆貯水,待客盥洗。唯兀坐行篋上五晝夜,以此爲苦耳。

　　車抵獨山,時已昏黑。國師生物系講師張君,去歲就任獨山鐵路局扶輪中學,遂往投宿,並請其代購車票。張君言公車票不易購,當爲謀乘商車。次日,余往汽車站,則如張君之言,登記者甚多。及返,張君謂有女教師,已購明日票赴重慶,行李已交車站,縛置車頂,而其夫忽患病,明日不能行,將往退票,如余急欲行者,此票可轉讓,但已憑此票託運行李,不退票則不能取行李。計唯代之攜行李之貴陽,而此時又不能以同一之票再運余之行李。張君曰:女教師之夫病已稍差,不日當癒,癒後女教師仍將赴貴陽,可留余之行李由彼攜至貴陽,留一地址,彼此交換。余思至貴陽後,旬日間恐亦不能成行,則此計亦使得。國師史地系講師王炳庭方任教於貴陽師院,因以炳庭地寓所以交換之地②,留貯被褥之行囊託彼攜至貴陽,而自攜一箱及貯講稿之帆布包以行。此兩件體積較小,可挈以登車也。議定,遂於次日行。

―――――――――

① 首"□"似爲一字之右下部,上部並左半空白,未見墨跡與筆痕;此僅存部分,與下文"渴"右下部形體相近,疑爲"渴"或"喝"字之殘筆。

② 前"地"疑爲衍字,後"以"疑爲"爲"字之筆誤。

　　抵貴陽,假宿逆旅。貴陽有中國旅行社,訪之,則云登記者一月不能成行。留逆旅三日,以女教師之行李交王炳庭,而彼尚未至。國師中文系教授錢子厚與余交善,去歲就貴陽大學之聘,因往訪之,即留寓貴大。子厚欲留余於貴大任教。余既受武大之聘,謝之。貴大在花溪,省中名勝也。子厚爲余以購票事謀之校中同人,數日無音耗。既而聞國師體育系講師葛君亦已至貴陽①,寓貴陽師院,遂往訪之。葛君言亦將赴重慶,請人購車票,今得有二介紹信,皆有力者,可以其一授余,當無不諧,大喜出望外,然猶不敢信其必有成。急赴車站,逕見站長,以介紹信授之。不意站長持信去,即以次日之車票二授余,蓋信中言葛君夫婦偕行也。余言今且孑身先赴重慶,内眷姑留此,但得一車票足矣。方至車站時,本擬於三數日後行,以待行李,初不料遽以明日票授予也。然得票不易,不敢有他言,只能委行囊而去。日後始知余行後數日,女教師始至,於炳庭處交換。行囊貯炳庭處②,其後姚公書至貴師任教,炳庭又以余行囊交公書。十餘年後,公書以書告余,謂中貯物皆朽敗云云。

　　發貴陽,中經一山甚峻,抵平地止一小車站,司機者

---

① "葛君"應指葛衢康,浙江海寧人,在國師曾主辦《體育與健康教育》月刊,爲當時國内惟一之體育雜誌。

② 據上下文,此句前應脱"余"字。

云，車下山時忽覺刹車失靈，然方下行，不可停，幸得無事。司機者云，恐旅客驚擾，故默不言耳。在小站修理訖後行。夜宿遵義。次日抵重慶。

族兄炳麟①，抗戰時於西南經商，緬滇路時尚通，於緬之仰光及昆明、重慶設有辦事處，轉運商貨。我弟仲孺於前三四年隨之去昆明。太平洋戰事起，華僑多返國者，炳麟謀與合作。仲孺能英語，於昆明接待，因與新加坡華僑領袖林順義之孫女美美相識。美美之祖、父均已先卒，其母陳嘉庚女也，與母隨其舅陳國慶返國。余至藍田時，仲孺函告與美美婚。國慶及他新加坡華僑侯西反等皆居重慶之沙坪壩，仲孺夫婦亦遷於此構屋而居。余至重慶，即赴炳麟所設之上海公司。仲孺適亦在。炳麟在昆明。族叔元芳及族弟明華亦均在渝，相晤甚喜。居數日，與仲孺偕至沙坪壩。余行囊已棄去，仲孺爲製被褥。

其時，前中央大學在沙坪壩，分校在栢溪。國師中文系講師蔣雲從（名禮鴻）任教分校，與余友善，因往訪

_____

① 唐炳麟，一九〇六年生於吳江盛澤，民國元年江蘇省首屆議會議員唐伯文之長子也。一九三七年隨沈鵬（安徽廬江人，黃埔五期畢業）少將專員赴重慶公幹。一九三九年在重慶創辦上海公司，任總經理。後移居香港。其子唐仲英，一九五〇年由港赴美，現居芝加哥，爲著名企業家，成立“唐氏基金會”，在大陸投資興學，兼作各種慈善公益，頗有影響。

之。雲從夫人慎靚霞①，子厚爲作塞修者也。在栢溪留一宿。時王仲犖亦在此任教，余識仲犖始此。於食堂飯，同桌有朱東潤，知余將去武大，嘖曰："武大人事甚難處，君當慎之。"其後始知，朱本亦任教武大中文系，與同事不諧，去而至中央大學，故有此言。武大中文系與國師仍同，惡新文學，葉紹鈞亦不安而去②。然其間亦有貽人以口實者③。人言高亨講《楚辭》"目渺渺而愁予"句，釋"愁"爲北京土話之"瞅"，言男女目成。馮沅君講《楚辭》王逸注"高平曰原"，乃以"高平"爲人名。若此之類。高、馮皆曾在樂山任教而去者。

　　於沙坪壩留半月，乘船赴樂山。船至叙府，又易小輪船，至五通橋。水行至此而止，其上不通航也。船甚小，皆叙府易船，兀坐通夜。同船有樂山紡織學院學生數人，皆上海人。抵五通橋内宿逆旅。明日當以人力車行。至逆旅後，忽覺所挾行資垂罄，遍搜篋中，更無餘

---

① "慎靚霞"應爲"盛静霞"之音誤。盛静霞爲原中央大學二大才女之一，另一爲沈祖棻(其夫爲程千帆)，均工詩詞，有盛名。

② "葉紹鈞"即葉聖陶，一九三八年十一月就任樂山武大文學院教授，一九四〇年七月去職，在武大逗留近兩年，嘗撰《嘉滬通信》，記樂山見聞，頗有影響。

③ 葉聖陶在樂山武大，與舊學劉賾(字博平)、新學蘇雪林等均交惡，亦有自身之責也。參：商金林《葉聖陶在武漢大學》，《武漢文史資料》二〇一三年第八期，第三三至三六頁。

錢,大窘。擬電武大速以錢來。同行之上海學生曰:"所短唯人力車錢耳,當以相貸,他日償還可也。"次日,乃與紡織學院學生同行。人力車至篦子街,渡河入市。既渡,乃與諸學生別。仍先投逆旅。中文系教授黃耀先,爲黃季剛之族姪,善音韻訓詁之學,亦能爲古文,子厚舊交也。來時,子厚有書紹介,因先往見之,則子厚已有函至,故已爲定寓處,即與耀先同一宿舍,地即在學校比鄰,曰月兒塘,文廟在焉。武大講舍及辦事室均即在文廟,距所寓宿舍不過數武①。

(見圖二〇)

---

① 本文至此嘎然而止,然語義未竟,似非完稿。

跋　語

本書編注工作初竣，感慨良多，有不能不言者。壬辰（二〇一二）六月，余承接騰訊網絡電視“饒宗頤：萬古不磨意，中流自在心”節目採訪，製作者將余之論説，以“這是一個很難出大師的時代”爲題傳播。癸巳（二〇一三）九月，香港饒宗頤學術館於天津美術館舉辦“雄偉氣象——饒宗頤教授天津書畫展”，邀余赴該館舉辦“選堂書畫與齊物思想”講座襄贊其事，余亦言及相同話題。蓋余以爲：學術需要傳承，所謂君子之澤，其來有漸，非一人一世之所能致。而今之社會，有悖於此，君子之澤，一世而斬，其不能出大師必矣。

余嘗論吾國出大師之時代有三：一曰春秋戰國，出思想大師也。二曰乾嘉，三曰民國，出學術大師也。思想大師可置不論。學術大師悉皆出身世家，蓋有以也。昔日“珞珈四友”——先生、周煦良、金克木、程千帆，並世家子弟也，雖皆屬“術業有專攻”者，然無不文史兼通，中外亦兼通也。先生良友吳于廑，雖以世界史名家，卻鮮有人知，其南開經濟所碩士論文竟爲《士與古代封建制度之解體》,哈佛大學博士論文亦爲《封建中國的王權與法律》①。至於先生極爲尊重之陳寅恪,倘若未寫《柳如是別傳》,有誰能知,其於明清之際文史載籍,竟能稔熟至此哉!民國學人,博學洽聞,皆如斯也。而今之社會,文化斷裂,文史兼通者固鮮矣哉!更遑論中外兼通者乎?

若先生者,民國學人之傑出代表也。選堂饒公嘗自言,其詩詞、書畫、目録學、儒釋道、乾嘉治學方法,皆源出家學。先生之詩詞、書畫、文辭等亦然。先生大學所學,爲西洋之法學與史學,故英文甚佳,有《大地》、《月明之夜》、《佛蘭克林自傳》、《新中國》、《東風西風》、《威克斐牧師傳》、《金銀島》諸譯著梓行。是後,先攻遼金元史,再攻秦漢隋唐史,皆有顯績,無須辭費。此外,先生研習宋詞,宋史自當詳悉。人所不知者,惟先生於明清史,亦甚諳閑焉。然先生腹笥之廣,底蘊之厚,不獨此也。他如崑曲、評彈、圍棋、象棋諸雜藝,先生雖有較深造詣,而皆技之小焉者耳,固可不計。先生"多年不讀《紅樓夢》,而對紅樓中大小人物事件如數家珍,不下於

---

① 吴于廑:《士與古代封建制度之解體·封建中國的王權與法律》,武漢大學出版社,二〇一二年七月。

愛講'紅學'的吳宓"①,亦可不論。先生於《水滸傳》亦
有精細研究,輒引發余之遐想。

　　余嘗思之:《韓非子·五蠹》何以將"儒以文亂法,俠
以武犯禁"并舉? 後漸知曉:實則古之儒者,多具俠性。
先生亦然也。石雲濤者,先生門生朱雷之博士也,嘗撰
《細微處見精神》,記壬申(一九九二)秋後,常聽先生講
課話舊,談及《水滸傳》,先生曰:武松、李逵、魯智深三人
者,性格相近,皆草莽英雄也。然武松、李逵多濫殺無辜
(武松血濺鴛鴦樓,李逵燒殺扈家莊),惟魯智深係真除
暴安良者(拳打鎮關西,殺崔道成,野豬林救林沖)。先
生自言善魯智深,而惡武松、李逵。石文以爲:"這種分
析透露出唐先生的是非觀念和人格理想,表現出一位正
直的知識份子强烈的正義感。"②而先生行事,亦復如
是也。

①　金克木:《珞珈山下四人行》,原載《光明日報》一九九四年十一月十
　　九日,先後收入作者多部文集,如:《咫尺天顏應對難》,北京:人民
　　日報出版社,一九九六年八月;《金克木人生漫筆》,北京:同心出版
　　社,二〇〇六年六月;《金克木散文》(插圖珍藏版),北京:人民文學
　　出版社,二〇〇八年一月;《游學生涯》,上海:東方出版中心二〇〇
　　八年八月。此據:《咫尺天顏應對難》,第四〇至四五頁;《游學生
　　涯》,第三一一至三一六頁。
②　石雲濤:《細微處見精神——憶唐長孺先生》,《魏晉南北朝隋唐史
　　資料》第二十一輯(唐長孺教授逝世十周年紀念專輯),武漢大學文
　　科學報編輯部,二〇〇四年十二月,第七八至七九頁。

　　先生門生高敏，丁酉(一九五七)因言獲罪，賴先生奔走呼號，吳于廑等從旁斡旋，終免被劃"右派"①。先生良友汪籛，"文革"初被迫自殺，撥亂反正，先生首倡收集汪氏遺作，爲編文集，並賦詩哀悼②。己巳之事，先生門生張弓、李文瀾被迫去職，先生不平者久之。如此種種，皆係儒而俠之外化者也。余嘗撰《風操存大道　事業在名山》文，記戊戌(一九五八)"拔白旗"，田餘慶攝理《光明日報》史學版，設法將批判先生之文章退稿事③。易地而處，先生亦當如此。蓋民國學人，所受教育相似，風簷展卷，古道照顏，皆同也。而今之社會，倫理之學，暌違久矣，既無儒，亦無俠，可哀也。

　　夫老成凋謝，大師遠逝，於茲有年矣。今已全面進入"專家型社會"。余嘗將學人分爲三等：一曰大師，二曰學者，三曰專家。專家之於大師，其間尚隔學者，相去固不可以道里計也！學界恒言陳寅恪與先生，能讀人所

---

① 高敏：《懷念恩師唐長孺先生》，《魏晉南北朝隋唐史資料》第二十一輯(唐長孺教授逝世十周年紀念專輯)，武漢大學文科學報編輯部，二〇〇四年十二月，第一一頁。

② 先生：《汪籛隋唐史論稿·序言》，北京：中國社會科學出版社，一九八一年一月，第三頁。

③ 王素：《風操存大道　事業在名山——緬懷史家田餘慶先生》，《東方早報·上海書評》二〇一五年一月十一日(紀念田餘慶先生特稿)第Ｂ一〇至Ｂ一一版。

常見書，從尋常史料發見重大問題。此即民國學人恒言之“通識”，亦乃學殖深宏者固有之融會貫通境界也。是以從治學境界而論，大師固有“通識”，學者亦有“通識”，專家則無“通識”也。故“專家型社會”，學術急速倒退，自成必然之勢。而如何轉折學術之頽運？正有賴吾輩獻賦進言也。

　　余以爲，傳承文化，振興學術，要之有二途：一曰重建鄉紳階層。孔子曰：“禮失而求諸野。”鄉紳者，吾國文化之根本所在也。而其作爲階層，在“土改”中已被滅絶。無鄉紳階層，吾國文化猶如無本之木，無源之水，無從依歸也。二曰重塑世家賢達。《禮記》曰：“醫不三世，不服其藥。”父祖之經驗教訓，子孫之捷徑坦塗也。父祖開山創業，子孫克紹箕裘，亦文化傳承之要義也。世家賢達一日不重塑，吾國學術一日不振興。苟如此，則以先生爲代表之一代大師，真成“前有古人，後無來者”之絶響矣。悲夫傷哉！悲夫傷哉！

　　至此，續談本書工作，亦有值得表章者。蓋余之門生皆嘗助力也。本書《弁言》已言及者無須贅述。先生譯著之版本，皆賴米婷婷赴國家圖書館與首都圖書館查證並攝製圖版。其《佛蘭克林自傳》“小引”，亦係彼在圖書館迻録。《月明之夜》“小引”、《新中國》“告本書讀者”、《威克斐牧師傳》“小引”，則係吕冠軍迻録。部分近年回憶文字，則有賴徐暢代爲覆覈。此外，《記湘行及國立師範學院》與《入蜀記》二文釋讀完畢，嘗請同門牟發松通校；發松稔悉先生暮年筆跡，於其中疏誤多有補正。中華書局責編朱兆虎，才俊士也，校讀書稿，於箋注釋讀之疏誤，亦多建言匡謬。本書封面係請劉濤題署，扉頁則請唐剛卯據先生手蹟集字。在此一併謹致謝忱！

　　　　　　　受業　王素　謹辭
　　　　　乙未季冬於京郊天通苑寓所